Für Lizzy von Mutsch

In dieser Reihe erschienen:

ISBN 978-3-649-61532-3

ISBN 978-3-649-61917-8

FSC www.fsc.org
MIX
Aus verantwortungsvollen Quellen
FSC® C022120

5 4 3 2 1
ISBN 978-3-649-66677-6

Text: Andrea Russo
Dieses Werk wurde vermittelt durch die Literarische Agentur
Thomas Schlück GmbH, 30827 Garbsen
Illustrationen: Elisabeth Bruder
Lektorat: Eva Philippon, Sara Mehring
Satz: Helene Hillebrand
Printed in Slovakia

www.coppenrath.de

Das @book erscheint unter der ISBN: 978-3-649-66795-7

Andrea Russo

Zickenalarm auf
Internat Bernstein

Mit Illustrationen von
Elisabeth Bruder

COPPENRATH

Mister Cool nervt total!

»›*Ti amo*‹ heißt ›Ich liebe dich.‹« Shanti kichert.

Ich gähne demonstrativ. »Und was heißt ›Ich bin müde‹?« Wir haben gleich halb zwölf, fast Mitternacht. Ich quatsche ja gern mit Shanti, aber jetzt will ich schlafen. Das Wochenende zu Hause war nämlich echt anstrengend. Neben den Besuchen bei meinen Freunden und Oma musste ich einen Berg von Hausaufgaben erledigen. Und Lernen war auch angesagt.

Ich bin so was von platt, aber das interessiert meine Freundin anscheinend gar nicht. Sie hockt im Schneidersitz auf ihrem Bett und blättert sofort wieder in ihrem Wörterbuch herum. »M… mü… müde, hier steht es ja. *Stanco/stanca.*«

Na gut, dann auf Italienisch. »*Io stanca!*« Ich strecke mich auf meinem Bett aus und rolle mich in die Decke ein.

Shanti kichert. »Das stimmt aber so nicht. Du kannst

doch nicht einfach ›Ich müde‹ sagen. Da fehlt noch das Verb dazwischen.«

»Boah, Shanti, jetzt mach doch nicht einen auf Lehrerin. Das ist mir um diese Uhrzeit so was von egal! Halt doch endlich mal deinen Sabbel. Ich muss jetzt echt schlafen, sonst überlebe ich den Tag morgen nicht. Der Philippon hat mich sowieso schon auf dem Kieker. Ich wette mit dir, dass ich morgen beim Vokabelabfragen an die Tafel muss. Wenn du also schon mit Fremdsprachen nervst, dann bitte auf Französisch!«

»*Je suis fatiguée*«, säuselt meine Freundin prompt. Sie ist in Französisch ein Ass, im Gegensatz zu mir. Ich muss für das Fach wirklich ackern, um einigermaßen klarzukommen. »Gute Nacht!«, brummle ich in mein Kissen. Wenn Shanti mir jetzt in einer Fremdsprache antwortet, egal in welcher, rede ich nie wieder ein Wort mit ihr.

Aber das lässt sie glücklicherweise. »Schlaf gut, Paulina«, flüstert sie und knipst das Licht aus. »Und träum was Schönes.«

Es dauert nur ein paar Sekunden, da höre ich sie laut seufzen. Das macht sie immer, wenn sie noch irgendetwas loswerden will, sich aber nicht sicher ist, ob ich noch ansprechbar bin. Sie wartet dann darauf, dass ich nachfrage, was sie auf dem Herzen hat. Aber heute lasse ich mich nicht auf das Spielchen ein. Ich gebe einen leisen Schnarchton von mir, um ihr unmissverständlich zu signalisieren, dass ich bereits eingeschlafen bin. Aber ich erreiche damit genau das Gegenteil.

Shanti fängt wieder an zu kichern. »Du schläfst doch noch gar nicht, das weiß ich. Wenn du wirklich gerade am Einschlafen bist, hört es sich ganz anders an, ungefähr so ...« Sie grunzt wie ein Schweinchen.

»Quatsch!«, sage ich. »Das stimmt doch gar nicht!«

»Doch, am Anfang schon. Aber danach schläfst du ganz ruhig.«

»Na gut.« Damit kann ich leben. Es fehlte mir noch, dass ich genauso laut schnarche wie die Pissnelke Fleur, mit der ich mir anfangs ein Zimmer teilen musste. »Und, was ist? Erzähl schon, vorher gibst du ja sowieso keine Ruhe.«

»Ich bin total aufgeregt und freue mich voll darauf, dass die italienischen Austauschschülerinnen morgen zu uns kommen. Das wird bestimmt lustig. Wir haben echt Glück, dass unser Haus Italien heißt. Wie cool ist das denn? Im nächsten Halbjahr machen wir uns dann auf in Richtung Süden. Das wird bestimmt total schön.«

Shanti hat recht. Wir haben es gut getroffen. Auf Bernstein wohnen alle Schüler und Schülerinnen nämlich in Häusern, die Ländernamen tragen. Mädchen und Jungs natürlich getrennt voneinander. Und wir, also die Mädchen der Klasse 7b, wohnen in Italien.

Im echten Land Italien liegt die Insel Capri, nur ist sie viel größer und berühmter als unsere. Sie ist nicht von Flusswasser umgeben, sondern liegt im Golf von Neapel. Eine Klasse aus dem Internat dort kommt für ganze fünf Tage zu uns und wir fahren dann im Gegenzug auch zu ihnen runter.

»Ja, das wird bestimmt megagenial!«

Super! Shanti hat es mal wieder geschafft. Eben war ich noch total müde, jetzt bin ich hellwach. Dafür schnorchelt sie nun friedlich vor sich hin.

Ich muss Shanti morgen unbedingt erzählen, dass sie auch komische Geräusche beim Einschlafen macht. Manchmal pustet sie die Luft so komisch aus, dass es sich anhört wie ein leise wieherndes Pferd. Aber ich will mich nicht beschweren. Ich bin so was von froh, dass wir uns das Zimmer teilen. Ich mag sie total gern, gerade weil sie etwas schräg ist und manchmal echt komische Dinge von sich gibt.

Natürlich bin ich auch gespannt auf die italienischen Mädchen. Dumm nur, dass wir nicht Italienisch lernen, sondern ausgerechnet Französisch haben. In Gedanken gehe ich noch mal die Vokabeln durch, die ich für morgen büffeln musste.

Nudeln – *des pâtes*
Auflauf – *le gratin*
Rosenkohl – *le chou de Bruxelles*
Lieben – *aimer*
Verabscheuen, nicht mögen – *détester* ... Das kann ich mir gut merken. Ich kann Rosenkohl nämlich nicht ausstehen, genauso wie jede andere Gemüsesorte, die irgendwas mit Kohl zu tun hat. Damit kann man mich jagen.

Nachtisch – *le dessert* ... Mmmh, das klingt schon viel besser.

Crêpe, Mousse au chocolat ... Jetzt krieg ich auch noch Hunger.

In der Ferne höre ich eine Eule rufen, im anderen Bett atmet Shanti tief und gleichmäßig.

Wie hieß noch mal das französische Wort für Kuchen? Und was war gleich wieder Blätterteig? Ach, ist doch egal!

Ich rolle mich herum und schlafe endlich ein.

Ich sag doch, *Monsieur* hat mich auf dem Kieker! Und er hat ein absolut sicheres Gespür dafür, wenn ich nicht genug gelernt habe.

»Paulina Pempelfurt«, säuselt der Philippon freundlich. »Fangen wir heute zur Abwechslung mal mit dir an. Komm doch bitte nach vorn.«

»Mist!« Ich ziehe den Kopf ein und rücke den Stuhl nach hinten.

»Du schaffst das«, flüstert Shanti mir zu.

Als ich an Fleur und Xenia in der ersten Streberreihe vorbeigehe, glotzen beide auf ihre frisch lackierten Fingernägel, so als wäre das Spektakel vorn an der Tafel völlig uninteressant für sie. Aber ich weiß, dass das alles Taktik ist. Sie warten nur auf den richtigen Moment, um mir eins auszuwischen.

»Vorspeise, Hauptspeise, Nachtisch«, sagt der Philippon. Er scheint es gut mit mir zu meinen, daran erinnere ich mich.

Entrée, plat, dessert.

Ich schreibe die Wörter an die Tafel, dann spreche ich sie laut und deutlich aus, so wie er es hören möchte.

»Blumenkohl«, sagt er dann. Hätte der nicht nach Rosenkohl fragen können? Das hätte ich gewusst!

Hilfe suchend schaue ich meine Freundinnen an. Larissa, Miu und Shanti rollen alle drei ganz komisch mit den Augen in Richtung Fleur. Na logisch! Fleur heißt übersetzt Blume. Ihr Name kommt im Wort Blumenkohl vor. Und das Wort für Kohl kenne ich ja vom Rosenkohl.

»*Le chou-fleur*«, schreibe ich an die Tafel. Und darunter schreibe ich ungefragt *Je déteste.*

Leises Kichern in den hinteren Stuhlreihen.

»Ich mag keinen Blumenkohl«, erkläre ich, genauso wenig wie ich Fleur mag, aber das behalte ich natürlich für mich. Zum Glück merkt

der Philippon nichts von meinem kleinen Seitenhieb in Richtung Pissnelke.

»Oh, da hat aber mal jemand gelernt«, sagt er zufrieden. »Dann übersetze doch bitte noch … Blätterteig.«

Zu früh gefreut. Warum bin ich auch gestern ausgerechnet bei dieser Vokabel eingeschlafen?

Ich zucke mit den Schultern und sehe aus den Augenwinkeln, dass Pissnelkes Arm nach oben schießt.

»Ja, Fleur?« Der Philippon lächelt sie an. Er leidet definitiv an falscher Wahrnehmung oder so was in der Art, sonst würde er Fleur nicht so nett finden.

Natürlich kennt die Pissnelke nicht nur die richtige Übersetzung, sie weiß auch zu berichten, wo man in Paris die allerbesten Windbeutel serviert bekommt.

Über ihren Kopf hinweg sehe ich, wie Theo und Lennart heimlich Grimassen schneiden, und ich muss grinsen. Aber das vergeht mir sehr schnell wieder, als die Aufmerksamkeit unseres Französischlehrers sich wieder mir zuwendet. Doch entgegen aller Erwartungen bekomme ich die anderen Wörter einigermaßen auf die Reihe. Mit der Rechtschreibung hapert es manchmal, aber ich weiß die Vokabeln alle – und aussprechen kann ich sie auch richtig. Nach meiner letzten Fünf im Vokabeltest haut mich die Drei, die ich heute für meine Leistung bekomme, zwar nicht komplett raus, aber immerhin kann ich das Ganze als kleinen Fortschritt verbuchen.

Nach der Stunde Französisch bin ich voll platt. Ich

muss mich immer total konzentrieren, damit ich alles mitbekomme. Und trotzdem verstehe ich manchmal nur die Hälfte. Vorher hatten wir Englisch, dann Mathe, was auch nicht ohne ist. Der Montag ist der absolute Horrortag für mich. Da muss mein Gehirn Höchstleistung bringen. Der Unterricht in meiner alten Schule war da um einiges einfacher. Aber ich wollte es ja nicht anders. Ich habe mich freiwillig dazu entschieden, hier auf Bernstein zu bleiben. Und jetzt muss ich da durch. Dafür hat das Leben im Internat auch eine ganze Menge schöner Seiten.

Endlich klingelt es. Das Schlimmste ist für heute geschafft. Jetzt ist Mittagspause angesagt. Ich bin kaum zur Tür raus, da kommen meine Freunde auf mich zugerannt.

»Gut gemacht!« Theo klopft mir anerkennend auf die Schulter. »Wenn der mich heute drangenommen hätte, hätte ich so was von verkackt! Ich hasse dieses doofe Vokabelabfragen.«

Miu kichert. »Das Ding mit Fleur und dem Blumenkohl war übrigens klasse. Ich musste echt aufpassen, dass ich keinen Lachflash bekomme.«

»Was, wieso?«, fragen Jakob und Lennart gleichzeitig.

»Jungs!« Shanti rollt mit den Augen. »Kriegen wieder mal gar nichts mit.« Sie erklärt ihnen den kleinen Seitenhieb in Richtung Fleur, als die genau in dem Moment mit Xenia an uns vorbeiflaniert.

Sie würdigen uns keines Blickes und verziehen sich

zu den Tischtennisplatten, wo sich die Jungs der älteren Klassen meistens treffen. Xenia himmelt immer noch Tim an, obwohl sie weiß, dass er der Freund von Lizzy, unserer Housesitterin, ist. Und Fleur hat ihr Herz ausgerechnet an Prince verloren, auf den fast alle Mädels im Internat stehen, außer meiner Wenigkeit. Und Shanti, Miu und Larissa natürlich auch nicht.

»Puh, geschafft!« Larissa stößt zu uns.

»Ja, ihr Mädchen, aber wir armen Jungs haben heute noch Nachmittagsunterricht«, beschwert Sam sich.

»Wir könnten ja tauschen«, schlage ich Shantis Zwillingsbruder vor. »Ich würde lieber am Sportunterricht teilnehmen, als in unserem Zimmer Platz für die Gäste zu schaffen.«

»Zu viert wird es verdammt eng werden«, sagt Larissa. »Und morgens ist bestimmt Chaos angesagt. Hoffentlich bekommen wir keine Modepüppchen, die stundenlang das Bad blockieren.«

»Wenn ihr sie loswerden wollt, dann schickt sie doch einfach zu uns! Wir passen auch gut auf sie auf«, schlägt Sam vor und fängt sich dafür einen Boxhieb von Shanti ein. Und ich knuffe ihn für diese Bemerkung gleich mal solidarisch in die andere Seite.

Ich werfe einen meiner bestens geübten strengen Blicke in die Runde. »Die Austauschschülerinnen sind unsere Gäste. Benehmt euch bloß!«

»Klar doch!« Die Jungs grinsen sich an.

Wahrscheinlich haben sie schon irgendeinen Streich

im Sinn. Ich kenn doch Theo, der hat haufenweise Scherzartikel mit nach Bernstein gebracht. Letzte Woche hat er der Eisenhardt tatsächlich ein Pupskissen auf den Stuhl gelegt. Die ist erst ganz bleich und dann puterrot geworden, als sie sich im Unterricht daraufgesetzt hat. Mit der Aktion hat Theo sich eine gepfefferte Strafarbeit eingehandelt. Er musste hundertmal ›Ich darf mich Lehrern und Lehrerinnen gegenüber nicht respektlos verhalten‹ in sein Heft schreiben. Die Eisenhardt ist, was solche Sachen angeht, sehr altmodisch. Bei ihr steht auch noch Nachsitzen auf dem Programm, wenn man aus Versehen mal zu viel mit seiner Sitznachbarin quatscht. Das weiß ich aus eigener leidvoller Erfahrung.

Mal ganz abgesehen davon, dass die Jungs echt albern sein können, sind sie ansonsten ganz in Ordnung.

Das kann man allerdings nicht von jedem hier im Internat behaupten, denke ich, als Prince und Hendrik geradewegs auf uns zumarschiert kommen. Sie tragen beide eine total dämliche Sonnenbrille, obwohl der Sommer doch inzwischen vorbei ist.

»Und, Leute, alles klar?«, fragt Hendrik und baut sich vor uns auf.

Ich gucke demonstrativ zur Seite. Meiner Meinung nach ist Hendrik der Obervollhorst der gesamten Schule. Er macht immer einen auf megacool. Man kann sich nicht normal mit ihm unterhalten, ohne dass er irgendeinen Blödsinn faselt.

Und das mit Prince ist auch so eine Sache. Er kann

manchmal richtig nett sein. Über das Notizbuch zum Beispiel, das er mir zum Geburtstag geschenkt hat, habe ich mich echt gefreut. Im Schreiblabor sitzen wir nebeneinander, das war reiner Zufall, macht aber wirklich Spaß. Er kann toll schreiben, hat viele interessante Dinge zu erzählen und unterhält sich ganz normal mit mir. Aber wenn er wie jetzt mit seinem besten Freund unterwegs ist und einen auf Mister Cool macht, nervt mich das gewaltig. Dann übersieht er mich einfach oder tut so, als wäre ich gar nicht anwesend. So wie jetzt auch.

Prince schiebt sich die Sonnenbrille in die Haare und sieht über mich hinweg. Er grüßt mich nicht und würdigt mich keines Blickes. »Es bleibt doch bei heute Abend, oder?«, sagt er zu den Jungs.

»Klar, Alter, wir sind dabei!« Theo nickt eifrig. »Clemens ist im Kopierraum, um alles vorzubereiten.«

»Geht ihr etwa ohne uns auf Schatzsuche?«, fragt Miu. »Das ist ja gemein! Ihr wisst doch, dass wir heute Abend keine Zeit haben.«

Miu ist zwar die Kleinste und Zierlichste von uns, aber dafür auch die Mutigste. Ihr macht es nichts aus, in den dunklen Geheimgängen unter dem Schloss herumzuschleichen, um den Bernsteinschatz aufzustöbern, der angeblich dort versteckt sein soll.

Ich persönlich halte die ganze Sache ja nur für ein Gerücht.

Geheimpläne hin oder her. Das Internat gibt es jetzt schon so viele Jahrzehnte und niemand hat bisher auch nur ein klitzekleines Edelsteinchen entdeckt.

»Hat Lord Schnullerbacke etwa die Karte gefunden?«, fragt Shanti.

Seit Clemens von seinem Vater erfahren hat, dass in der elterlichen Bibliothek ein Plan von den unterirdischen Gängen rumfliegt, hat er bei jeder Wochenendheimfahrt danach gesucht, doch soviel ich weiß, bisher erfolglos.

»Japp!«, sagt Theo da zu meiner Überraschung. »Allerdings nur eine grobe Skizze. Aber es ist schon mal ein Anfang.«

»Passt bloß auf, wenn ihr da unten seid!«, schärft Shanti den Jungs ein, sieht dabei aber nur Sam an.

Es ist manchmal echt süß, wie sie sich Sorgen um ihren Bruder macht.

Der jedoch winkt ab. »Keine Angst, heute wird es keine Aktion auf unterirdischem Terrain geben. Wir sind nur draußen unterwegs und suchen nach dem versteckten Eingang.«

»Dann ist ja gut.« Shantis Gesichtszüge entspannen sich sichtlich.

Mir jedoch können die Jungs nichts vormachen. Als ob die nicht gleich runterstiefeln, wenn sie den Eingang finden! Mich beruhigt es vielmehr, dass wir heute Abend mit den italienischen Austauschschülerinnen beschäftigt sind. Ich würde mich nicht gerade als ängstlich bezeichnen, aber vor den dunklen Gängen unter der Erde gruselt es mich ehrlich gesagt schon ein bisschen. Vor allen Dingen, seit ich weiß, dass die flatternden Blutsauger dort unten ihr Unwesen treiben. Ich kann mich einfach nicht mit ihnen anfreunden ... Ich mag keine Fledermäuse! Es kann mir also nur recht sein, wenn die Jungs allein losziehen.

»Na dann, viel Glück!«, sage ich und klopfe Theo auf die Schulter.

»Ich kann ja verstehen, wenn ihr sauer seid, weil wir das ohne euch machen wollen«, sagt Prince. »Aber wir sind vorsichtig, Paulina. Und das nächste Mal seid ihr wieder dabei, versprochen.«

Hä? Was will der denn jetzt von mir? Erst hat er mich die ganze Zeit ignoriert, jetzt sieht er mich auf einmal durchdringend an und macht einen auf verständnisvoll. Außerdem verpeilt er absolut die Lage. Shanti ist es, die sich Sorgen macht, ich doch nicht! Und von den Fledermäusen mal ganz abgesehen, gibt es noch einen Grund, oder besser gesagt zwei, warum ich absolut keine Lust auf eine abendliche Schatzsuche habe: die Teilnahme der beiden Angeber hier.

Aber das behalte ich lieber für mich. Soll Prince doch denken, was er will. Ich gehe also gar nicht weiter darauf ein. »Ich bin echt mal gespannt, wie die italienischen Mädchen so drauf sind.«

Mein Ablenkungsmanöver funktioniert.

»Ach, das wird schon gut gehen«, sagt Larissa. »Außerdem ist es ja nur die eine Woche.«

»Und dann fahren wir nach Italien, das wird bestimmt ganz toll.« Miu strahlt wie ein Honigkuchenpferd.

Die Schulglocke läutet zum Mittagessen. Die Jungs gehen vor uns her, Prince hat die Sonnenbrille wieder auf die Nase geschoben. Vielleicht weil es in der Kantine so wahnsinnig hell ist und das Licht ihn blenden könnte?

Oh Mann!

»Der steht immer noch total auf dich«, sagt Larissa da auf einmal neben mir.

»Wer?«, frage ich und tue ganz ahnungslos.

Aber ich weiß ganz genau, wen sie meint.

Die geht ja mal gar nicht!

Wir sitzen in der Aula und schauen gespannt zur Tribüne. Mit ihrem schwarzen Kleid und dem weißen Stehkragen macht die Kuhn ihrem Spitznamen Pinguin wieder mal alle Ehre. Neben ihr steht die italienische Lehrerin, die auf den ersten Blick ganz nett aussieht. Signora Tortora lächelt vor sich hin. Sie ist ähnlich gekleidet wie die Kuhn, aber sie wirkt in ihrem dunkelblauen Rock und der weißen Bluse trotzdem nicht altmodisch, sondern eher elegant.

»Willkommen auf Internat Schloss Bernstein«, wendet sich die Kuhn an die Italienerinnen. »Wir freuen uns, euch auf unserer kleinen Insel begrüßen zu dürfen, und hoffen, dass ihr eine schöne Zeit hier haben werdet.«

»Wie krass ist das denn?«, flüstere ich Shanti zu, die neben mir in der ersten Reihe sitzt. Sie schüttelt unmerklich den Kopf, um mich zu warnen, jetzt bloß keinen blöden Kommentar abzulassen.

Die Austauschschülerinnen sitzen artig nebeneinander und sehen alle gleich aus! Jede von ihnen trägt eine weiße kurzärmelige Bluse, einen hellblauen Rock und weiße Kniestrümpfe. Nur die Schuhe sind verschieden. Den Vogel schießt aber eindeutig die Krawatte ab, die auch hellblau ist. Die Mädels tragen Schuluniformen!

»Ich finde das gar nicht so schlecht.« Larissa hat meinen Kommentar mitbekommen. »Da wird wenigstens keine nach ihren Klamotten beurteilt.«

Ich gebe gerne zu, dass Larissa absolut die Schlauste von uns ist. Sie durchschaut immer alles total schnell. Und sie hat absolut recht.

Mein Blick fällt auf Fleur und Xenia, die sich wieder mal voll aufgebrezelt haben und miteinander tuscheln. Bestimmt lästern sie über die Uniformen. Aber diesmal kann ich es ihnen noch nicht mal verdenken. Meine spontane Reaktion war ja auch nicht gerade positiv. Ich muss echt lernen, mich erst einmal zurückzuhalten, auch wenn mir etwas auf den ersten Blick komisch vorkommt.

Die Kuhn erzählt ein bisschen was über die Geschichte unseres Internats. Die italienischen Mädchen hören interessiert zu. Zumindest macht es den Anschein. Soweit ich weiß, haben sie seit der fünften Klasse Deutschunterricht, also genauso lang wie ich Französisch. Ob die tatsächlich alles verstehen, was der Pinguin da so von sich gibt? Sie redet von der langen Tradition der Schule, von Lady Rosalyn und der besonderen Lernatmosphäre hier auf der Insel.

Als sie endlich zum Ende kommt, spricht sie uns Bernsteiner Mädchen an. Jede von uns bekommt eine italienische *Freundin* zugewiesen, wie sie so schön sagt. Und für ihr Wohlbefinden sind wir persönlich während des Aufenthalts verantwortlich. Die Schülerin besucht mit uns den Unterricht, isst mit uns, schläft in unserem Zimmer. Mit anderen Worten, ab heute ist Rundumbetreuung angesagt.

Umso spannender wird es, als die Kuhn endlich in alphabetischer Reihenfolge unsere Namen aufruft und uns bittet, unsere Gastschülerin vorn in Empfang zu nehmen.

Zuerst wird Xenia auf die Bühne gerufen. Ihr Nachname ist Bamberger, sie kommt also als Erste an die Reihe. Sie stöckelt auf Mörderabsatzschuhen nach vorn und nimmt ein kleines zierliches Mädchen namens Chiara in Empfang, das mich ein bisschen an Miu erinnert.

Während Xenia ihr die Hand hinstreckt, neigt sich Chiara vor und hält ihre Wange zum Küsschen hin. Das kenne ich schon von Luca. Die knutschen sich da in der Familie auch ständig ab! Es ertönt verhaltenes Gelächter in der Aula.

Als Nächste ist Shanti dran. Ich mache einen langen Hals, weil ihre Freundin ja auch ein bisschen meine sein wird. Immerhin schläft sie bei uns im Zimmer. Das heißt, wir müssen beide mit ihr klarkommen. Adriana ist groß, hat mindestens genauso lange Beine wie Larissa. Außerdem hat sie ewig langes Haar, das sie zu einem straffen Pferdeschwanz gebunden trägt. Die Begrüßung mit einem Küsschen links und rechts auf die Wange klappt diesmal wunderbar.

Als die meisten Mädchen schon versorgt sind und ich endlich aufgerufen werde, bin ich sehr aufgeregt.

»Paulina, du kümmerst dich um Hortensia-Emilia.«

Hortensien wachsen in Omas Garten. Das sind Blumen!

Bitte lass sie keine Zicke sein, denke ich, weil ich bei dem Namen gleich an das französische Blümchen Fleur denken muss. Gespannt schaue ich in Richtung der Stuhlreihe, in der nur noch ein paar Italienerinnen sitzen, und atme erleichtert auf, als ein Mädchen aufsteht, das auf den ersten Blick ganz normal aussieht. Sie hat schwarzes schulterlanges glattes Haar, das sie mit einem weißen Stirnband aus dem Gesicht hält, und ist etwa so groß wie ich.

»Hi, ich bin Paulina.«

Ich lächle sie an, als wir uns begrüßen.

Hortensia-Emilia sieht mich dabei nicht an. Stattdessen starrt sie nach unten auf ihre Schuhspitzen.

»Ich bin mit Shanti auf einem Zimmer«, erkläre ich. »Ihre Freundin ist Adriana. Es wird bestimmt lustig.«

Hortensia-Emilia nickt, begeistert sieht sie allerdings nicht gerade aus, eher sogar etwas mürrisch. Na ganz toll, das fängt ja gut an. Aber vielleicht hat sie mich auch gar nicht verstanden. Taub scheint sie jedenfalls nicht zu sein.

Als der Pinguin und Signora Tortora uns entlassen, nehme ich Hortensia-Emilia an die Hand und gehe mit ihr nach draußen, wo Shanti und Adriana schon auf uns warten.

Wie es aussieht, hat Shanti mehr Glück gehabt. Ihre Austauschschülerin ist gesprächiger.

»Ciao, ich bin Adriana«, sagt sie und strahlt mich an. »Du hast sehr schöne Haare, *bellissimo*!« Sie fuchtelt mit ihrer Hand vor meinem Kopf herum. »Darf ich …« Ihr fehlt das richtige Wort, also greift sie sich ins eigene Haar.

»Anfassen.« Shanti springt für sie ein. »Sie möchte deine Haare anfassen.«

»Echt jetzt?« Das klingt irgendwie verrückt, trotzdem nicke ich.

»*Rosso*, rot!« Adriana hebt meinen Pferdeschwanz an und zieht mit ihren langen Fingernägeln das Haargummi heraus. »Sind sie … echt?«, sagt sie und greift nach einer Locke.

»Ja, klar.« Ich zucke mit der Schulter. Was denkt die denn? Dass ich eine Perücke trage, oder was?

»Du Glückliche!« Adriana öffnet nun auch ihren Pferdeschwanz. »Meine Haare sind langweilig.«

Ich bin mir nicht sicher, aber irgendwas sagt mir, dass sie ganz genau weiß, dass sie wunderschönes Haar hat und dafür ein Kompliment hören will.

Shanti springt natürlich sofort darauf an.

»Quatsch!«, ruft sie. »Du hast total tolle Haare, und so schön lang!«

»Findest du?« Adriana wirft mit einer Handbewegung ihr offenes Haar nach hinten und strahlt über das ganze Gesicht.

Wusste ich es doch.

»Ja, die sind echt fantastisch«, bestätigt Shanti noch einmal. »Ich freue mich riesig, dass ihr beide auf unser Zimmer kommt, das wird bestimmt total gut.«

Hortensia-Emilia verzieht das Gesicht. Nur für einen kurzen Moment, aber ich habe es ganz genau gesehen. Gesagt hat sie bisher noch gar nichts. Na super! So wie es aussieht, haben wir Miss Schlechtgelaunt und Miss Strahlebacke erwischt. Das passt ja toll zusammen. Aber deswegen werde ich jetzt keine schlechte Stimmung schieben. Vielleicht ist meine Austauschschülerin ja doch nur ein bisschen schüchtern.

»Shanti, das ist übrigens Hortensia-Emilia«, sage ich extra freundlich. »Wir sind dann also zu viert.«

»Hast du einen Rufnamen?«, fragt Shanti. »Hortensia-Emilia, nur Hortensia oder nur Emilia?«

»Hortensia«, antwortet Adriana an ihrer statt.

Ob meine Freundin vielleicht doch die Sprache verloren hat?

»Stimmt das?«, frage ich sie, aber Hortensia zuckt nur mit den Schultern.

»Jedenfalls ist es ein schöner Name«, sagt Shanti. »Hortensien sind wunderbare Blumen.«

Ja, Oma-Blumen!

Adriana nickt. »*Bella*, schön! Ich kenne diese Blumen. Sie riechen nicht gut.«

Ich gebe es nur ungern zu, aber Adriana hat vollkommen recht. Allerdings finde ich es schon dreist, sowas zu sagen, zumal Hortensia sich eh nicht wohlzufühlen scheint.

Aber sie reagiert gar nicht darauf. Hätte das jemand über mich oder meinen Namen gesagt, der hätte ordentlich Kontra gekriegt.

»Ich finde, sie riechen sehr gut«, sagt Shanti und lächelt Hortensia an.

Adriana setzt auch

wieder ihr Strahlebackengrinsen auf. »Vielleicht verwechsle ich sie ja auch«, sagt sie. »Ich wollte natürlich niemanden beleidigen.«

Ich kann mir nicht helfen, diese Adriana erinnert mich ein bisschen an Fleur. Wenn die lächelt, weiß man auch nie so genau, ob sie nicht im nächsten Moment etwas Fieses im Sinn hat. Aber vielleicht täusche ich mich auch.

Shanti scheint auf jeden Fall richtig begeistert von ihrem Schützling zu sein.

»Und jetzt zeigen wir euch unser Zimmer.«

Eifrig plappernd geht sie mit Adriana vorneweg, so wie sie das mit mir am ersten Tag auch gemacht hat. Und zur Unterstreichung ihrer Worte fuchtelt sie mit den Händen in der Luft herum.

Hortensia und ich folgen ihnen schweigend. Ich weiß einfach nicht, was ich sie fragen soll. Sie scheint so abwesend.

»Willkommen auf unserer Insel Rosenwerth«, sagt Shanti, als wir durch das Eisentor zu den Wohnhäusern gehen.

»Die Insel ist sehr klein. *Molto piccola.*« Adriana verzieht die Mundwinkel und lässt ihren Blick durch die Gegend schweifen. »Unsere ist größer. Wird es hier nicht schnell langweilig?«

»Ach was!« Shanti winkt ab. »Du kannst dir nicht vorstellen, was wir hier schon alles erlebt haben. Aber ich bin auch schon sehr gespannt auf eure Insel.«

»Die Touristen kommen von überall her, um die Blaue Grotte zu sehen.« Den ganzen Weg über textet Adriana uns über ihre Trauminsel zu und wie schön ihr Internat dort am Meer gelegen ist.

Hortensia schweigt noch immer. Ich bin froh, als wir endlich an unserem Haus ankommen.

»Wir sind da.« Shanti zeigt auf die grün-weiß-rote Flagge, die über unserer Eingangstür prangt. »Das ist Italien. Das Haus, natürlich ...«

Herr Naunheim hat das Gepäck der Mädchen von der Fähre zu unserem Haus gebracht und im Wohnzimmer deponiert.

Dort ist schon voller Betrieb. Larissa und Miu sitzen lässig auf der Sofalehne und sehen zu, wie ihre neuen Zimmergenossinnen nach ihren Koffern suchen. Auch Xenia ist mit der kleinen Chiara schon eingetroffen.

Da stolziert Fleur durch die Tür, das italienische Mädchen an ihrer Seite heißt Graziella. Das habe ich mir gemerkt, denn sie hat wirklich eine gewisse Grazie.

»Emilia!«, ruft Graziella.

Sie meint damit meine Hortensie, die gerade am Henkel ihres Koffers zieht und von dem Treiben um sie herum gar nichts mitzubekommen scheint. Doch als sie Graziellas Stimme hört, dreht sie sich freudig um.

»Graziella!«

Zum ersten Mal entspannen sich ihre Gesichtszüge.

»Was hast du?«, fragt Larissa, als sie meinen skeptischen Blick bemerkt.

»Hm, das weiß ich noch nicht so genau. Meine Freundin hat einen Doppelnamen. Von Adriana wird sie Hortensia genannt, aber Graziella nennt sie Emilia.«

»Und was sagt sie selbst dazu?«

»Nichts, das ist ja das Problem.«

»Dann musst du sie einfach noch mal fragen. Vielleicht hat sie dich nicht richtig verstanden.«

Larissa hat wie immer recht.

»Ach, wenn ich dich nicht hätte.« Ich lege meinen Arm um ihre Schulter. Dabei fallen wir beide nach hinten auf das Couchpolster und fangen an zu lachen. Wie auf Kommando lässt sich auch Miu nach hinten kippen und stimmt mit ihrem hohen Gekicher in unser Gelächter ein.

»Ihr seid ja so was von albern!« Fleur zieht bei unserem Anblick missbilligend eine Augenbraue hoch. »Kommst du, Graziella? Ich will nicht, dass du dich bei denen ansteckst.«

Ich bin mir nicht sicher, ob Graziella Fleurs Warnung verstanden hat. Sie zieht ihren Koffer an Hortensia – oder Emilia – vorbei und sagt dabei irgendwas auf Italienisch zu ihr. Es muss lustig gewesen sein, denn die fängt daraufhin an zu grinsen.

Eigentlich ist die Sache total unfair. Die Capri-Mädchen können uns verstehen, aber wir sie nicht. Schade, dass Luca nicht hier ist. Seine Mutter ist Sizilianerin und er könnte mir jedes Wort übersetzen. Shanti wird mit ihrem Wörterbuch nicht weit kommen.

Die Mädchen brabbeln so schnell, wenn sie sich untereinander unterhalten, dass man einzelne Wörter gar nicht heraushört.

»Unser Zimmer ist gleich hier unten«, sage ich zu Hortensia. »Komm, wir gehen schon mal vor. Shanti und Adriana sind noch mit dem Gepäck beschäftigt.«

Wir gehen den Gang entlang, und ich öffne unsere Zimmertür, die wie immer unverschlossen ist.

»Du schläfst hier.« Ich zeige auf mein Bett, das ich extra frisch für meine Gastschülerin bezogen habe.

Doch sie schüttelt den Kopf und deutet stattdessen auf die daneben aufgeklappte Liege. Dass sie von sich aus lieber auf dem unbequemen Gästebett nächtigen will, macht sie mir doch wieder sympathisch. Sie sieht überhaupt gleich viel netter aus, wenn sie nicht so mürrisch dreinschaut. Aber ich bestehe trotzdem darauf.

»Du bist unser Gast, du schläfst hier.« Dabei zeige ich noch einmal auf mein Bett. Die paar Nächte auf der Pritsche werde ich schon überstehen.

»Ja.« Mehr sagt sie nicht.

»Du sprichst nicht so gut, Deutsch, oder?«, frage ich. »Das kann ich absolut gut verstehen. Ich bin in Sachen Fremdsprachen auch die totale Niete.« Um das zu verdeutlichen, halte ich meinen Daumen nach unten. »Französisch und Englisch.«

Hortensia macht es mir nach. »Deutsch.«

Okay, dann hätten wir das zumindest geklärt. Sie ist einfach kein Sprachentalent, genauso wie ich.

»Was soll ich denn jetzt zu dir sagen? Hortensia oder Emilia? Graziella hat dich vorhin Emilia genannt.«

»Emilia.«

Aha, wusste ich es doch. Mein Instinkt hat mich nicht getäuscht. »Und warum hat Adriana Hortensia gesagt?«

Emilia zuckt mit den Schultern.

»Na gut, ich sag auf jeden Fall Emilia zu dir, der Name gefällt mir sowieso viel besser als der komische Blumenname.«

Emilia lächelt mich an. »*Grazie*, Paulina.«

»*Prego*«, antworte ich. Ein paar Brocken Italienisch habe ich nämlich auch schon mitbekommen. »Einer meiner besten Freunde ist auch Italiener. Er heißt Luca.«

Emilia sieht mich mit großen Augen an. Jetzt könnte ich Shantis Wörterbuch gebrauchen.

»Ach, weißt du was, ich hab da eine Idee ... Warte mal kurz.« Ich hole mein Handy aus der Schublade und rufe meinen Freund einfach an.

»Luca, gut, dass du rangehst«, sage ich ins Telefon. »Die italienischen Austauschschülerinnen sind heute angekommen, du weißt schon. Meine heißt Emilia. Sie versteht leider kaum

Deutsch. Kannst du ihr bitte sagen, dass ich mich freue, dass sie hier bei mir ist? Ach, und versuch mal, sie ein bisschen locker zu machen, ja?«

»Klar, mach ich, gib mal rüber.«

Ich halte Emilia den Hörer ans Ohr.

Sie sieht erstaunt aus und lauscht Lucas Worten.

Es dauert nur wenige Sekunden, da fängt sie an zu lachen. Dann sagt sie etwas auf Italienisch, was ich natürlich nicht verstehe. Und als sie sich verabschiedet und mir das Handy wieder zurückgibt, lächelt sie immer noch.

»Was hast du ihr gesagt?«, frage ich Luca.

»Na, dass sie froh sein kann, dass sie dich als Austauschfreundin bekommen hat.«

»Aber deswegen hat sie doch nicht so gelacht, oder?«

»Nein, deswegen nicht.«

»Und warum dann? Boah, Luca, jetzt sag schon!«

»Ich habe ihr gesagt, dass du sehr stark und richtig mutig bist.«

»Quatsch!«

»Doch, so wie Pippi Langstrumpf. Die heißt auf Italienisch *Pippi Calzelunghe*.«

»Du veräppelst mich.«

»Dann frag sie doch.«

Ich drehe mich zu Emilia. »Hat Luca etwas von Pippi Calze ... Soundso gesagt?«

Emilia sitzt auf dem Gästebett und grinst mich an. Dann zeigt sie auf ihre weißen Kniestrümpfe.

»*Calze lunghe*«, sagt sie. »Wie du.«

»Na prima.«

Ich kann mir vorstellen, wie Luca sich am anderen Ende der Leitung den Bauch hält vor Lachen.

»Ach, komm schon, Paulina, der war doch gut. Und außerdem war es durchaus ernst gemeint, das weißt du doch.«

»Na gut, dann mal danke für das Kompliment.«

»Gern geschehen. Und wenn du mal wieder einen Übersetzer brauchst, ruf einfach durch!«

Ich beende das Gespräch und genau in dem Moment geht die Tür auf.

»Was ist denn hier los?«, fragt Shanti. »Ich hab Gelächter gehört.«

Gelacht hat ja wohl nur Emilia, aber das behalte ich für mich. Sie ist nämlich auf der Stelle still geworden, als Adriana und Shanti ins Zimmer gekommen sind.

»Ach, wir hatten nur ein bisschen Spaß«, winke ich ab.

Shanti zeigt auf ihr Bett. »Du schläfst hier, Adriana.«

Adriana lässt sich sofort auf Shantis Bett fallen und federt ein bisschen auf und ab. Dann legt sie sich mitsamt ihren Schuhen darauf und setzt ihr strahlendes Lächeln auf. Das Bett hat den Qualitätstest anscheinend überstanden.

»Danke, Shanti. Und meine Kleidung?«

Shanti deutet auf ihren Schrank. »Ich habe dir Platz gemacht. Und du, Hortensia, kannst deine Sachen auf Paulinas Seite einräumen.«

»Ihr Rufname ist Emilia«, berichtige ich sie.

»Oh, na gut.« Shanti lächelt. »Wie schön.« Sie scheint sich keine weiteren Gedanken darüber zu machen, warum Adriana sie vorhin Hortensia genannt hat.

Da die beiden auf dasselbe Internat gehen, müsste Adriana doch eigentlich wissen, wie ihre Klassenkameradin genannt werden möchte.

»Wie wär's«, sagt Shanti, »wenn wir euch erst das Haus und den Park zeigen, und danach packt ihr aus?«

»Gute Idee«, flötet Adriana.

»Schön, dann machen wir das so. Und danach essen wir zu Abend. Heute sind Fleur und Xenia mit dem Vorbereiten dran. Da gibt es normalerweise nichts Kompliziertes. Aber ich glaube, dass es heute zur Feier des Tages etwas Besonderes sein wird.« Shanti blinzelt verschwörerisch.

Ich habe vorhin auch mitbekommen, dass Lizzy und Nina ausnahmsweise ihre Unterstützung bei der Zubereitung des Abendessens angeboten haben.

»Chiara wohnt doch bei Fleur, oder?«, fragt Adriana.

»Ja, sie haben ihr Zimmer oben, in der ersten Etage.« Shanti deute mit dem Zeigefinger zur Zimmerdecke.

Zum Glück sind die beiden Zicken Fleur und Xenia weit genug von uns entfernt, um hier auf dem Stockwerk nicht die Luft mit Parfum oder schlechter Laune zu verpesten.

»Fleur ist sehr hübsch«, sagt Adriana. »*Molto bella.* Und sehr nett.«

Man sieht Shanti richtig an, dass sie nicht weiß, was sie dazu sagen soll. Sie überlegt angestrengt und kaut dabei mit ihren Schneidezähnen auf der Unterlippe herum. Ein Zeichen dafür, dass sie nach den richtigen Worten sucht.

Mir würden zu Fleur ja direkt ein paar passende Kommentare einfallen, aber die verkneife ich mir lieber. Soll Adriana doch selbst herausfinden, was Fleur für eine gemeine Zicke ist.

»Wahre Schönheit kommt von innen«, sagt Shanti auf einmal.

Jetzt ist ihr also doch noch ein passender Spruch eingefallen. Aber Adriana geht nicht darauf ein, vielleicht hat sie es auch gar nicht begriffen.

Sie öffnet ihren Koffer, zieht ein kurzes Jeanskleid heraus und hält es sich vor den Körper.

»Oh, wie ich diese Uniform hasse«, sagt sie und hört sich dabei sehr leidend an. »Ich bin so froh, dass wir hier anziehen dürfen, was wir wollen. Das Kleid ist ganz neu! Meine Eltern haben es mir geschenkt. Ihr wisst gar nicht, wie gut ihr es habt!« Sie betrachtet Shanti von oben bis unten. »So wie du dich kleidest, würde ich niemals vor die Tür gehen. Aber immerhin dürft ihr selbst entscheiden.«

Autsch! Das hat gesessen.

Shanti zieht eine Augenbraue hoch – und schweigt. Bestimmt will sie nicht unhöflich sein, weil Adriana ihr Gast ist. Der Pinguin hat uns mehrmals eindringlich darauf hingewiesen, dass wir nett zu den Mädchen sein sollen.

Aber Adriana setzt noch einen drauf. Sie wirft einen Blick auf Emilia. Und diesmal sieht sie richtig arrogant dabei aus. »Zu manchen Schülerinnen passt die Uniform sehr gut, besonders wenn sie keinen Sinn für Mode haben, aber mir steht sie leider überhaupt nicht.«

Shanti guckt mich an. Dabei bildet sich eine tiefe Stirnfalte zwischen ihren Augenbrauen.

Aha, denke ich, jetzt hat sie es also endlich eingesehen. Mit Adriana haben wir uns eine Zicke eingehandelt. Die gibt es also auch in Italienisch.

»Sollen wir euch nicht zuerst alles zeigen?«, fragt Shanti. »Vor dem Abendessen hast du noch genügend Zeit zum Umziehen.«

»Ehrlich gesagt ...« Adriana sieht an sich herunter und verzieht dabei das Gesicht. »Ich würde mich gern zuerst ein wenig hübsch machen.«

»Wie du willst. Wir warten draußen auf dich.« Shanti ist schon halb zur Tür raus. »Kommt ihr?«

»Wir haben aber auch ein Glück, nicht wahr, Shanti?« Ich grinse meine Freundin an, als wir mit Emilia den Flur entlanggehen.

Shanti bleibt stehen, setzt einen grimmigen Blick auf,

seufzt laut und stemmt sich die Arme in die Hüften. »Die geht ja mal gar nicht!«

Und genau das denke ich auch. Adriana tickt genauso wie Fleur. Und ausgerechnet wir müssen uns jetzt eine Woche mit ihr rumplagen.

Emilia hat die ganze Zeit geschwiegen. Doch als sie Shanti mit ihren blonden Zöpfen, ihrer bunten Tunika und den Leggins so dastehen sieht, flüstert sie mir zu: »*Ecco-là*, Pippi Calzelunghe …«

Ich muss laut lachen.

Die wahre Pippi Langstrumpf bin gar nicht ich, Shanti ist es.

Verzauberte Klamotten

Am Seerosenteich sitzen Larissa und Miu mit ihren italienischen Mädchen im Gras und unterhalten sich. Sie winken uns zu sich, als sie uns sehen. Maura und Valentina, ihre Austauschschülerinnen, scheinen jedenfalls sehr nett zu sein.

Wir setzen uns zu ihnen. Die beiden Italienerinnen erzählen gerade vom Internatsleben im *Collegio Faraglioni* auf Capri. Die *Faraglioni* sind die zwei großen Felsen im Meer, von denen das italienische Internat seinen Namen hat. Sie sind auch das Wahrzeichen von Capri, und die Mädchen sind davon überzeugt, dass irgendwo in der Nähe der Felsen ein Schatz versteckt sein muss.

Sogar Emilia scheint bei diesem Thema aufzutauen.

»*Ambra*«, sagt sie.

Ich zucke mit den Schultern. »Wer ist Ambra?«

Maura zeigt in Richtung unseres Internats. »Schloss Edelstein.«

»Du meinst Bernstein!«, rufe ich aus. »Ihr denkt, dass es bei euch einen Bernsteinschatz gibt?«

Maura nickt. »Si, *Ambra*. Und …« Sie wirft einen geheimnisvollen Blick in die Runde und wie auf Kommando sagen sie gemeinsam: »*Ambra! Chi trova il tesoro prima che trova tutti.*«

Ich verstehe absolut kein Wort von dem, was die drei da von sich geben, aber ich finde, dass Italienisch sich verdammt gut anhört. Ich höre Luca immer sehr gerne zu, wenn er mit seiner Familie spricht.

Jetzt bekomme ich sogar eine leichte Gänsepelle, denn die Mädchen haben mit tiefen Stimmen gesprochen, sodass es sich fast wie eine Verschwörungsformel anhört.

Miu scheint es genauso zu gehen. »Was bedeutet das?«, fragt sie ganz aufgeregt.

Wir müssen auf die Antwort jedoch warten, denn genau in diesem Moment tönt eine laute schrille Mädchenstimme über die Wiese. Wir drehen alle gleichzeitig die Köpfe. Es ist Adriana.

Sie schaut aus dem weit geöffneten Fenster unseres Zimmers, schimpft irgendwas auf Italienisch und gestikuliert wild in der Luft herum. Als sie unser Grüppchen beisammensitzen sieht, zeigt sie mit gestrecktem Arm in unsere Richtung und schreit: »Hortensia!«

Emilia wird ganz blass und flüstert ein paar Worte auf Italienisch, daraufhin springen Maura und Valentina auf, laufen zu Adriana hinüber und reden beschwichtigend auf sie ein.

»Was ist los, Emilia?«, frage ich und lege ihr eine Hand auf die Schulter. »Ist was passiert?«

Aber sie antwortet nicht und fängt stattdessen an zu weinen.

Da kommt Graziella aus dem Haus, und als Emilia sie sieht, springt sie auf, rennt auf sie zu und fällt ihr um den Hals.

»Oh Mann«, sagt Miu. »Die sind ja noch viel schlimmer als wir.«

Es dauert nicht lange, da tauchen auch die anderen italienischen Mädchen auf. Dass es hier Stress gibt, hat sich sekundenschnell rumgesprochen. Und jetzt reden irgendwie alle gleichzeitig aufeinander ein. Das Stimmengewirr ist immens.

»Ich würde zu gerne wissen, was da los ist.«

Shanti spricht mir aus der Seele. Adriana hat für ordentlich Tumult gesorgt, so viel steht schon mal fest. Und irgendwas hat Emilia damit zu tun.

Die lässt sich immer noch von Graziella trösten, die streichelt ihr unablässig über das Haar und redet beruhigend auf sie ein.

»Adriana hat sich umgezogen«, sagt Larissa. »Und

jetzt zwickt es sie überall und ihre Haut ist ganz rot. Ich habe irgendwas von Juckpulver verstanden, das ihr jemand in den Koffer gestreut hat. Ach ja, und sie denkt, dass es Emilia war.«

»Das alles hast du verstanden?« Überrascht schaue ich Larissa an. »Du kannst Italienisch?«

»Jap! Mein Vater ist Professor für Philosophie. Wir haben in Rom gelebt, als er dort an der Universität unterrichtet hat. Ich bin vier Jahre lang auf eine italienische Schule gegangen.« Larissa grinst über das ganze Gesicht. »Ich dachte, ich behalte das lieber mal für mich ...« Sie deutet mit dem Kopf auf die italienischen Mädchen, die sich immer noch aufführen wie ein Haufen aufgebrachter Hühner. »Sie haben keinen Schimmer davon, dass ich sie verstehe. Deswegen unterhalten sie sich ganz ungezwungen, auch wenn ich dabei bin. Das ist manchmal ganz interessant.«

»Wie cool ist das denn, dann bist du so was wie eine Spionin!« Miu rutscht näher an Larissa heran. »Was haben sie denn vorhin gesagt, als es um den Bernsteinschatz ging?«

»Wer den ersten Schatz findet, der findet auch den anderen.« Larissa überlegt einen Moment. »Nein, warte ... der findet auch *die* anderen. Es muss also mehrere geben.«

Shanti sieht sich nach allen Seiten um. »Dann lass das mal bloß nicht die Jungs hören. Die wittern bestimmt gleich einen Zusammenhang zu unserem Schatz hier und machen sich sofort auf den Weg nach Italien. Mich wundert eh, dass sie noch nicht aufgetaucht sind. Die konnten es doch die ganze Zeit schon nicht abwarten, die italienischen Mädchen zu sehen.«

»Stimmt ... Und was machen wir jetzt mit denen?« Ich deute auf unseren aufgebrachten italienischen Besuch.

»Ich glaub ehrlich gesagt nicht, dass das mit dem Juckpulver auf Emilias Konto geht. Dazu ist sie doch viel zu ängstlich«, sagt Shanti. »Lasst uns das mal mit den beiden klären. Immerhin schlafen wir zusammen in einem Zimmer. Ich hab keine Lust auf eine Woche Dauerstress.«

»Okay.« Ich stehe auf und pfeife zweimal laut durch die Finger. »He!«, rufe ich.

Die Mädchen verstummen und schauen in unsere Richtung.

Shanti platziert sich neben mir und nimmt wieder ihre Pippi-Langstrumpf-Haltung ein. »Adriana und Emilia, wir klären das jetzt, und zwar sofort in unserem Zimmer!«

Adriana nickt, dann knallt sie das Fenster zu.

Auf dem Weg zum Haus läuft Emilia wie ein begossener Pudel neben uns her.

»Keine Angst, alles wird gut.« Ich streiche ihr kurz über das dunkel glänzende Haar, so wie Graziella es vorhin gemacht hat.

»Ihr ... ihr kennt Adriana nicht«, sagt Emilia sichtlich bedrückt. »Sie ist ...«

»… eine Zicke«, beendet Shanti den Satz.

»Ich verstehe nicht.«

»Eine Zicke ist ein Tier«, erkläre ich. »Eine Ziege. Sie meckert den ganzen Tag, ungefähr so …« Ich imitiere das Meckern einer Ziege. »Mä-ä-ä-ä-äääää.«

»*Una capra!*« Emilia lächelt. »Ja, das stimmt.«

»Und jetzt mal ganz ehrlich, Emilia. Wolltest du Adriana eins auswischen?« Ich kratze mich am Hals und zeige dann auf sie, damit sie versteht, was ich meine. Das Wort Juckpulver kennt sie bestimmt nicht.

Emilia schüttelt den Kopf und ihr Zeigefinger wackelt dabei abwehrend durch die Luft. »Nein, nein.«

Ich werfe Shanti einen Blick zu. Das habe ich mir schon gedacht. Wie sollte sie es auch zeitlich angestellt haben?

Herr Naunheim hat die Koffer von der Fähre aus direkt in unser Wohnzimmer gebracht. Emilia hatte gar keine Möglichkeit, sich an Adrianas Gepäck zu schaffen zu machen. Sie war ja die ganze Zeit mit mir zusammen. Es muss also eindeutig vorher jemand am Werk gewesen sein.

Adrianas Hals ist knallrot, genauso wie ihre Arme.

Jetzt, wo ich sie so vor mir stehen sehe, tut sie mir auf einmal leid. Es sieht so aus, als hätte sie einen Ausschlag von dem Zeug bekommen. Sie kratzt sich unaufhörlich.

»Am besten, du gehst erst einmal duschen«, schlage ich vor. »Und wir stecken deine Sachen in die Waschmaschine.«

Shanti zeigt auf die Schuluniform, die Adriana achtlos aufs Bett geworfen hat. »Vielleicht ziehst du die dann so lange noch mal an.«

Adriana nickt und verschwindet damit im Bad, wobei sie vorher noch einen grimmigen Blick auf Emilia wirft.

Es dauert nicht lange, da geht die Tür wieder auf, sie streckt ihre Hand durch den Spalt und lässt das Kleid, das sie eben noch anhatte, auf den Boden fallen.

Shanti hebt es mit spitzen Fingern auf, lässt es in den Koffer fallen und diesen zuschnappen. Dann zieht sie ihn auf seinen Rollen durchs Zimmer. »Ich mach das mal«, sagt sie. »Bin gleich wieder zurück.«

»Emilia, sollen wir deine Sachen so lange in den Schrank räumen?«, frage ich sie. »Ich helfe dir gern dabei.«

Emilia ist einverstanden und klappt ihren Koffer auf.

Ich bin absolut keine Modeexpertin. Meine Klamotten sollen möglichst bequem sein, außerdem hab ich es ganz gerne sportlich. Ich mag nichts mit Rüschen oder Schleifen. Und ich würde nie freiwillig eine Bluse tragen, ganz besonders nicht, wenn sie so aussieht wie die,

die ich gerade auf einen Bügel hänge. Das Ding hat alles, was ich nicht mag. Es ist schweinchenrosa, hat Puffärmel und zu allem Übel ist es an der Knopfleiste mit kleinen Rüschen und applizierten Rosen verziert.

Die weiße Strickjacke mit dem Lochmuster, die ich danach aus dem Koffer ziehe, sieht auch nicht besser aus. Aber das nächste Kleidungsstück ist noch gewöhnungsbedürftiger. Ich halte einen dunkelblauen Faltenrock in Händen. Der geht ja gar nicht!

Shantis Spruch mit der wahren Schönheit fällt mir wieder ein. Emilia hat sanfte braune Augen, wie ein Reh. Und bestimmt hat sie ein gutes Herz. Sie könnte keiner Fliege was zuleide tun.

Ich betrachte sie von der Seite. Eigentlich sieht sie auch »von außen« sehr nett aus. Sie hat ein hübsches Gesicht mit einer süßen kleinen Stupsnase. Außerdem hat sie schönes weiches Haar. Das erkennt man allerdings auf den ersten Blick kaum, da sie es mit dem weißen Band streng aus dem Gesicht heraushält. Es juckt mir in den Fingern, ihr das Ding vom Kopf zu ziehen. Bestimmt steht es ihr besser, wenn sie ihr Haar offen trägt. Ihre Frisur sieht ein wenig altmodisch aus, genau wir ihre Klamotten.

Shanti hat ja schon einen etwas seltsamen Geschmack, was ihre Kleidung angeht, aber er ist wenigstens originell. Und es passt zu ihr. Die Teile von Emilia könnten allerdings von meiner Oma sein.

»Warum schaust du so?«

Mist! Emilia hat bemerkt, dass ich sie mustere. Das ist mir etwas peinlich. Ich will ihr nicht zu nahe treten. Ich kenne sie ja noch gar nicht, da kann ich sie doch nicht aufgrund ihres Kleidungsstils beurteilen. Vielleicht laufen die anderen Mädchen aus ihrer Klasse ja auch so rum. Bis vorhin haben sie schließlich noch alle ihre Schuluniformen angehabt.

»Ach, ich habe gerade überlegt, wie du aussiehst, wenn du deine Haare offen trägst.« Ich deute auf ihr weißes Stirnband und löse das Haargummi aus meinem Pferdeschwanz.

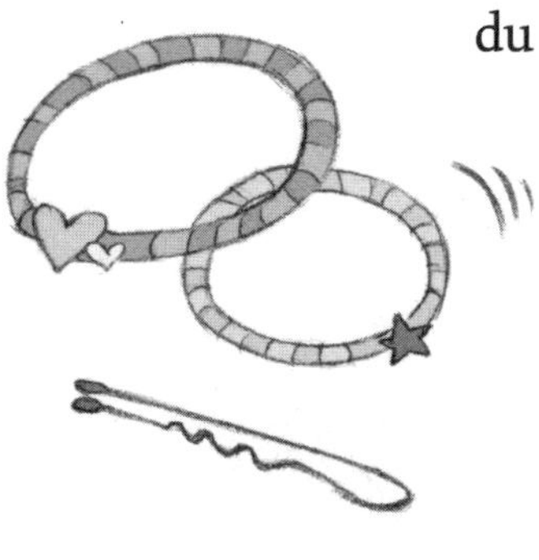

»Willst du tauschen?« Emilia zieht das Band aus ihrem Haar und hält es mir hin.

»Äh, eigentlich ...« Ach egal, was soll's. Ich gebe ihr mein Haargummi.

Kurz darauf stehen wir uns mit neuen Frisuren gegenüber. Da kommt Shanti zurück.

»Oh, Frisurentausch. Tolle Idee. Da mach ich mit.« Sie überlegt einen Moment. »Emilia, du bleibst so. Dafür gibt mir Paulina das Haarband und bekommt meine beiden Zopfgummis.«

»Okay!« Ich stimme sofort zu. Shantis lustige Zöpfe sind mir eindeutig lieber als die langweilige Stirnband-Frisur.

»Das nächste Mal tauschen wir auch unsere Anziehsachen, dann wird die ganze Sache perfekt!«, sagt Shanti.

Sie hat gut reden, sie hat ja auch noch nicht Emilias schicken Omafummel in meinem Kleiderschrank gesehen.

Da geht die Badezimmertür auf, und Adriana, eingewickelt in ein Handtuch und mit einem Turban auf dem Kopf, erscheint wieder auf der Bildfläche.

Hoffentlich kommt Shanti jetzt nicht auf die verrückte Idee, sie zu fragen, ob sie sich an unserem kleinen Tauschhandel beteiligen will. Sozusagen als Friedensangebot. Oder einfach nur, damit Adriana sich nicht ausgeschlossen fühlt.

Doch Shanti kommt gar nicht dazu.

Adrianas entsetzter Gesichtsausdruck ist nicht zu

übersehen, als sie uns mit den neuen Frisuren so dastehen sieht. »Ich nicht!«, sagt sie entschieden. »Ich benutze nur meine eigenen Samthaargummis für mein Haar. Ich will doch keine – wie heißen noch mal die kleinen Tiere? – bekommen.«

»Meinst du etwa Läuse?« Shanti macht große Augen.

Adriana verzieht angewidert die Mundwinkel und hält sich die Ohren zu, sie will wohl nichts weiter zu dem Thema hören und verschwindet wieder im Bad.

»Wie kommt die nur auf die Idee, wir hätten Läuse? Sehen wir etwa so vernachlässigt aus?«, fragt Shanti.

»Keine Ahnung.« Ich zucke mit den Schultern und erzähle lieber nicht, dass das mit den kleinen Krabbeltierchen jeden treffen kann. Wir hatten in unserer Schule auch mal welche. Und es hat auch Kira, Luca, Noah und mich erwischt. Das war total unangenehm. Und allein schon bei dem Gedanken daran fängt es überall an bei mir zu jucken.

Ich beschließe, das Thema zu wechseln. »Wollen wir das mit dem Juckpulver gleich noch mal besprechen?«

»Ja, klar«, sagt Shanti.

Fünf Minuten später sitzen wir uns auf den Betten gegenüber. Adriana hält die Arme vor der Brust verschränkt und starrt Emilia feindselig an.

Bevor es hier wieder hitzige Diskussionen gibt, ergreife ich das Wort. »Hör mal, Adriana, Emilia war die ganze Zeit mit mir zusammen. Sie kann das Pulver nicht in deinen Koffer getan haben.«

»Welches Pulver?«, fragt Adriana.

»Das Juckpulver, von dem du den Ausschlag bekommen hast«, erkläre ich und zeige auf ihre Arme. »Das muss jemand anders gewesen sein.«

»Es sieht übrigens schon viel besser aus«, sagt Shanti. »Du bist gar nicht mehr so rot, nur ein bisschen rosa.«

»Ich verstehe nicht ...« Adriana guckt uns an wie ein Auto. Sie hat keinen blassen Schimmer davon, worüber wir gerade reden.

Shanti greift nach ihrem Wörterbuch und blättert bis zum P. »Moment mal ... *Polvere.*«

Adriana schüttelt den Kopf. »Nein, kein Pulver.« Sie zeigt auf Emilia. »Sie war es! Sie hat den bösen Blick, *il malocchio.*«

Jetzt schauen Shanti und ich ziemlich dumm aus der Wäsche. Meine Freundin hat sich zuerst wieder gefasst.

»Was meinst du damit, sie hat den bösen Blick? Denkst du etwa, sie hätte dich verzaubert, oder so?«

Ich werfe einen Blick auf Emilia, die still neben mir sitzt und verzagt dreinschaut.

»Nein, sie hat nicht mich, sondern meine Kleidung verzaubert, damit ich sie nicht mehr tragen kann. Und das alles nur, weil sie neidisch ist.«

Adriana scheint das wirklich ernst zu meinen. Unter normalen Umständen würde ich jetzt auf der Stelle anfangen, laut darüber zu lachen, aber dummerweise fehlen mir noch immer die Worte. Ich weiß echt nicht, was ich dazu sagen soll.

Ganz im Gegenteil zu Shanti, die gerade zu Hochform aufläuft.

»Du kriegst einen Ausschlag, und anstatt erst mal zu überlegen, woher der wirklich kommt, suchst du dir einfach eine Schuldige, die dich angeblich *verzaubert* hat? Mann, vielleicht bist du diejenige, die hier irgendwelche kleinen Krabbeltiere mitgebracht hat!«

Bam! Das war die Retourkutsche für die Unterstellung vorhin. Gut gekontert, Shanti!

Adriana läuft rot an und setzt zu einer Antwort an, aber Shanti lässt sie erst gar nicht zu Wort kommen.

»Ich bin noch nicht fertig«, sagt sie, »und du hörst mir gefälligst zu! Vermutlich leidest du unter einer Allergie. Bestimmt hast du irgendwas gegessen, das du nicht verträgst. In welchem Jahrhundert lebst du denn? Entweder machst du das mit Absicht oder du bist wirklich total doof. Du solltest dich auf der Stelle bei Emilia entschuldigen.«

Adriana starrt Shanti an. Mit so einer Standpauke hat sie wohl nicht gerechnet. Und ich auch nicht, ich bin total begeistert und kann mein Grinsen nur schwer verbergen.

»Ich habe nichts Falsches gegessen«, sagt Adriana trotzig. »Ich habe eine Allergie gegen Katzenhaare. Gibt es hier etwa Katzen?«

»Nein, auf der ganzen Insel ist keine einzige Katze. Wahrscheinlich war es doch nur dein Kleid. Als du es vorhin aus dem Koffer geholt hast, hing das Preisschild noch dran. Das heißt, dass es wohl noch nicht gewaschen wurde. Jeder weiß doch, wie viel Chemie an neuen Klamotten hängt. Die soll man nicht gleich anziehen. Emilia war es auf jeden Fall nicht!«

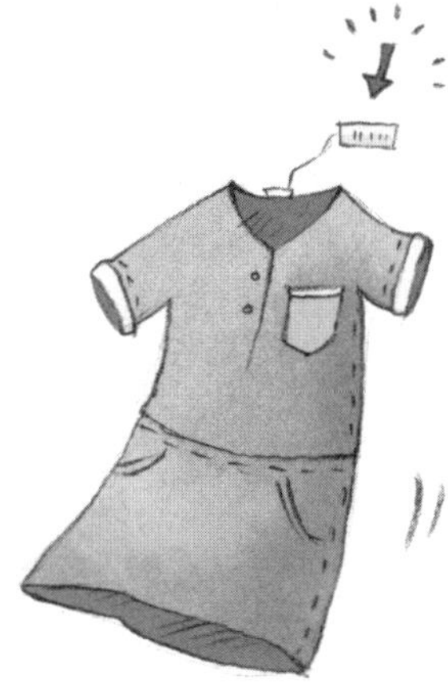

Wow! Das mit dem Preisschild ist mir vorhin gar nicht aufgefallen. Wahrscheinlich hat Shanti recht.

Das dämmert wohl auch langsam Adriana, die noch darüber nachzudenken scheint, was sie da gerade zu hören bekommen hat. Sie sagt kein Wort mehr, man kann richtig sehen, wie es in ihrem Kopf rattert.

»Das hört sich logisch an«, sage ich. »Außerdem hat Emilia gesagt, dass sie damit nichts zu tun hat. Und ich glaube ihr.«

»Na gut!« Adriana springt auf und macht einen Schritt auf Emilia zu. »*Scusa!*«, sagt sie, was wohl so viel wie »Entschuldige« heißt, und umarmt Emilia überschwänglich.

Die scheint sich dabei gar nicht wohlzufühlen. Sie lächelt schief und schiebt dann Adriana schnell von sich.

Shanti guckt mich an und ich gucke sie an. Und dann müssen wir beide grinsen. Ich weiß ganz genau, was sie denkt.

Adriana ist wirklich eine gute Schauspielerin, aber wir durchschauen sie beide. Die Entschuldigung ist nicht ernst gemeint. Das hat sie jetzt nur so gesagt, weil sie gemerkt hat, dass sie mit ihrer Art bei uns nicht durchkommt. Aus irgendeinem Grund kann sie Emilia nicht leiden. Und bei der nächsten Gelegenheit wird sie wieder gemein zu ihr sein. Aber dann kriegt sie es mit mir zu tun – oder mit Shanti! Weil wir das nämlich auf keinen Fall zulassen werden.

»Und jetzt?«, fragt Adriana.

Sie tut so, als wäre eben gar nichts passiert. Wahrscheinlich ist es das Beste, wenn wir jetzt nicht weiter rumdiskutieren. Das würde eh nichts bringen.

Ich schnuppere durch die Luft. Heute wird es doch nicht etwa Pizza geben? Es riecht schwer danach. Der Duft von Tomaten und gebackenem Käse zieht aus der Küche bis in unser Zimmer.

Adriana ist immer noch in das Handtuch gewickelt. »Am besten, du ziehst dich erst einmal an. Es gibt bald Essen«, verkündet Shanti.

Wie auf Kommando klopft es an unsere Tür. Es ist bestimmt Lizzy, die alle zum Abendessen zusammentrommelt.

»Komm rein«, rufe ich, doch nur kurz darauf steht Fleur im Zimmer. Auch das noch! Was will die denn hier?

»Ciao«, sagt sie. »Ich wollte euch nur sagen, dass das Essen fertig ist und wir nur noch auf euch warten.«

Na klar, und dafür kommt die Chefköchin höchstpersönlich zu uns. Da steckt doch bestimmt mehr dahinter. Das scheint Shanti auch so zu sehen.

»Und was willst du wirklich?«, fragt sie.

»Ach, was du immer gleich denkst, Shanti. Ich wollte nur nett sein. Ich habe von dem Desaster mit der verseuchten Kleidung gehört. Und da wollte ich fragen …«, sie strahlt Adriana an, »ob ich dir vielleicht etwas von meinen Sachen ausleihen soll, da wir doch ungefähr die gleiche Größe haben …«

»*Grazie*, Flora … äh, Fleur, sehr gerne. Du bist wirklich sehr, sehr nett. Und du rettest mein Leben!«

Fast entfährt mir ein abfälliges Schnauben. Ich bin es, die bei den Rettungsschwimmern ist. Also bei der Schülerfirma. Da rettet man Menschen, indem man sie abschleppt oder ihnen einen Schwimmring zuwirft. Und letztens habe ich sogar Wiederbelebungsmaßnahmen gelernt, mit Beatmung und Herzmassage, also das volle Programm.

Fleur zieht jedoch nicht einen Gummireifen, sondern einen hellgrünen Fummel hinter ihrem Rücken hervor. »Es ist ein Kleid, das farblich sehr gut zu deinem Haar passt«, sagt sie und drückt es Adriana in die Hände. »Bis gleich, beim Essen.«

»Oh, danke, Fleur, vielen Dank«, stammelt Adriana verzückt.

»Die sind beide gleich bescheuert«, sagt Shanti, als Fleur abgedampft und Adriana mit dem Kleid im Bad verschwunden ist. »Wie gut, dass wir so schön normal sind, nicht wahr?«

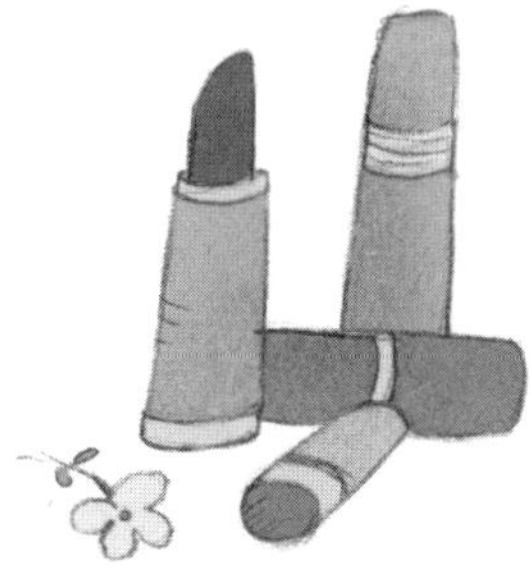

Ohne Lippenstift geht's auch

Es gibt wirklich Pizza, mein Geruchssinn hat mich nicht getäuscht. Ich finde ja, Fleur und Xenia hätten sich was Originelleres einfallen lassen können, irgendwas, was die italienischen Mädchen noch nicht kennen. Bei mir wären heute Pommes spezial auf den Tisch gekommen, vielleicht auch Currywurst. Außerdem ist der Teig für meinen Geschmack viel zu dick, der muss hauchdünn und knusprig sein, so wie Lucas' Mutter ihn macht, dann ist Pizza erst richtig lecker. Und so kennen die Mädchen sie sicher auch.

Aber es ist schließlich der gute Wille, der zählt. Die beiden wollten unseren Gästen eine Freude machen und das ist eigentlich sehr nett.

Weniger schön ist, dass es zwar verschiedene Sorten gibt, aber keine, auf der nur Gemüse ist. Fleur und Xenia wissen genau, dass Shanti Vegetarierin ist. Sie hätten wenigstens eine Ecke ohne was belegen können, das vorher mal gelebt hat. Daran sieht man mal wieder, wie gemein die beiden sind. Das haben die garantiert mit Absicht gemacht. Meine Freundin pickt in mühevoller Kleinarbeit die Salami- und Schinkenstückchen von ihrer Pizza.

»Hast du eine Allergie gegen Wurst?«, fragt Adriana.

»Nein, ich mag sie einfach nicht.« Dass Shanti jetzt keinen Vortrag über das arme Wesen hält, das die Salami einst war, bevor sie als Pizzabelag endete, spricht dafür, dass sie an Adriana kein großes Interesse mehr hat. Wenn Shanti jemanden nicht leiden kann, redet sie nur das Nötigste mit der Person.

Aber dafür versucht Fleur die ganze Zeit, mit Adriana ins Gespräch zu kommen. Dumm nur, dass sie genau am anderen Ende des großen Tisches sitzt und deswegen immer so laut reden muss, dass es alle mitbekommen.

»Schmeckt es dir, Adriana?«

»Ja, sehr gut, danke, Fleur!«

»Eben hat sie noch zu Chiara gesagt, dass das Zeug wie Pappe schmeckt«, sagt Larissa leise neben mir.

»Bist du dir sicher?«

Ich habe da so meine Zweifel. Die Sache mit Adrianas Hautausschlag hat Larissa ja auch total missverstanden. So prickelnd scheinen ihre Italienischkenntnisse also doch nicht zu sein.

»Ganz sicher! Jetzt guck nicht so kritisch. Vorhin war alles so hektisch, ich habe nur mitbekommen, dass irgendjemand was mit Adrianas Klamotten verbrochen hat, und hab automatisch Juckpulver vermutet.«

»Hm …« Ich blicke zwischen Fleur und Adriana hin und her. Die beiden würden echt gut zusammenpassen. Und Emilia ist mit Graziella befreundet. Es müsste doch irgendwie zu schaffen sein, dass wir Adriana nach oben zu den beiden Doofen verfrachten. Dann wären die Zicken unter sich. Damit wäre ganz sicher allen geholfen.

»Schmeckt es dir nicht?«, fragt Shanti. »Du isst ja gar nichts mehr.«

»Doch, doch, ich hab nur gerade über was nachgedacht.«

Ich warte einen günstigen Moment ab. Als Fleur die Spülmaschine einräumt, reiche ich ihr die Teller an. Das würde ich normalerweise nie freiwillig machen, aber so habe ich die Gelegenheit, ganz nebenbei mal anzutesten, ob sie sich auf einen Zimmertausch einlassen würde.

»Adriana hat sich voll über dein Kleid gefreut«, sage ich.

Fleur guckt mich skeptisch an. Sie traut dem Braten nicht. Das würde mir an ihrer Stelle auch so gehen. Jetzt muss ich genau überlegen, was ich als Nächstes sage.

Als ich aus den Augenwinkeln Emilia und Graziella beisammenstehen sehe, habe ich eine Idee.

»Wie findest du eigentlich Emilia?«, frage ich sie. »Ich gebe es nur ungern zu, aber ich glaube, sie würde sich bei euch oben viel wohler fühlen.« Das ist gelogen, aber Fleur tappt voll in die Falle rein.

»Versuchst du etwa gerade, mir diese graue Maus zu verkaufen? Ich hab mich eh schon gewundert, warum du auf einmal so nett bist. Vergiss es!«

»Na gut, schade ... Ich dachte nur, weil Emilia und Graziella befreundet sind.« Ich deute mit dem Kopf in die Richtung der beiden Mädchen.

»Dann nehmt ihr doch Graziella. Und Adriana kommt zu uns.«

»Hm, ich weiß nicht ...«, sage ich scheinheilig.

Das hat ja gut geklappt! Jetzt denkt Fleur, dass es ihre Idee war. »Da muss ich aber erst noch Shanti fragen. Meinst du denn, Adriana wäre damit einverstanden?«

Fleur überlegt einen Moment. »Ich übernehme Adriana und du klärst das mit Shanti.«

»Na gut.« Ich gehe schnell rüber zu Shanti, die mich die ganze Zeit über beobachtet hat.

»Und? Erzähl!« Gespannt sieht sie mich an. »Du hast der doch nicht freiwillig geholfen.«

»Natürlich nicht. Boah, ich bin ja so was von gut ...« Ich berichte Shanti von meinem gelungenen Schachzug.

»Genial!«

»Ja, sie ist voll drauf reingefallen. Guck mal.« Ich nicke mit dem Kopf in Richtung Fleur und Adriana. Als die beiden sich um den Hals fallen, weiß ich, dass es geklappt hat. »Dann sagen wir mal Emilia und Graziella Bescheid, die freuen sich bestimmt auch!«

Die Freude ist wie erwartet groß. Graziella läuft sofort nach oben, um ihre Sachen zu holen. Adrianas Kleidung steckt noch in der Waschmaschine. Bisher ist sie nicht auf die Idee gekommen, dass man gewaschene Wäsche entweder aufhängen oder in den Trockner stecken muss. Wahrscheinlich wartet sie darauf, dass sie alles picobello gebügelt direkt aufs Zimmer geliefert bekommt. Aber das ist ja nicht mehr unser Problem. Darum kann sich Fleur jetzt kümmern. Und außerdem haben die beiden ja eine Größe. Adriana wird überglücklich sein, wenn sie in Fleurs Kleiderschrank räubern darf.

Lizzy klatscht ein paarmal in die Hände. »Hört mal alle her!«, ruft sie laut. »Jetzt gibt es eine halbe Stunde Verdauungspause, die jede von euch bitte mit ihrer italienischen Austauschschülerin verbringt. In der Zeit solltet ihr euch gegenseitig interviewen. So wie wir das auch am ersten Tag gemacht haben, als ihr selbst neu auf Bernstein gewesen seid und euch noch nicht kanntet. Um acht Uhr treffen wir uns dann wieder hier im Wohnzimmer, dann stellt ihr euch gegenseitig vor …«

Wir haben es uns mit Blöcken und Stiften bewaffnet am Seerosenteich gemütlich gemacht. Etwas weiter sitzt Shanti mit Graziella. Und Larissa kommt auch gerade mit Maura im Schlepptau um die Ecke. Ich winke den beiden kurz zu, dann beginne ich das Interview mit Emilia.

»Was möchtest du später mal werden?« frage ich sie.

Emilia schaut mich verständnislos an.

»Welche Arbeit, welchen Beruf möchtest du mal machen?«

Eine leichte Röte überzieht auf einmal ihr Gesicht. »Nicht lachen …«

»Versprochen!« Gespannt warte ich darauf, was sie erzählt. Es scheint ihr tatsächlich peinlich zu sein, darüber zu sprechen.

»Singen.«

»Du möchtest Sängerin werden? Das ist ja cool!«

»Ja?« Emilia strahlt. »Die anderen Mädchen lachen darüber.«

»Das ist aber gemein.«

Es sei denn, jemand stellt sein Gesangstalent im Fernsehen zur Schau und erweist sich als totale Niete. Ich muss zugeben, dass ich mir gerne mal die Sendungen ansehe, in denen ein neuer Star gesucht wird. Und ehrlich gesagt, lache auch ich manchmal, wenn jemand denkt, er sei das geborene Genie, und dann singt er total schräg.

»Kannst du denn richtig gut singen?«

»Ja, ich denke schon.«

»Super, dann musst du uns unbedingt mal was vorsingen, ja?«

»Ich weiß nicht, ob ich gut genug bin. Ich würde gerne auf eine Spezialschule gehen, eine Musikschule, aber ...« Emilia wird schon wieder rot.

»Das wäre toll.« Wahrscheinlich meint sie ein musikalisches Gymnasium. »Warum versuchst du es nicht einfach?« Ich weiß, dass man für solche Schulen eine Aufnahmeprüfung bestehen muss. Und dass es sehr schwer ist, die zu bestehen. Dafür muss man schon richtig begabt sein.

»Es ist sehr teuer. Meine Eltern sind nicht so reich wie die anderen. Das Internat bezahlen nicht sie.« Jetzt glüht Emilia wie eine Tomate. »Meine Mutter hat mir das Singen beigebracht. Sie war früher Sängerin. Aber jetzt arbeitet sie für andere Leute. Sie kocht ... und putzt.«

»Hör mal, das muss dir absolut nicht peinlich sein. Ich bin auch nur hier, weil ich ein Stipendium bekommen habe. Meine Eltern könnten sich das teure Schulgeld nämlich auch gar nicht leisten.«

Emilia reißt die Augen auf. »Wie ich!«

Ob die Sauerbrei uns vielleicht deswegen zusammengepackt hat?

»Und weißt du was? Als der Brief mit der Zusage für das Stipendium bei uns ins Haus flatterte, wäre ich fast gestorben. Ich fand es ganz fürchterlich!«

Es ist verrückt, wie schnell die Zeit vergangen ist. Jetzt bin ich schon fast zwei Monate im Internat. Und ich kann mir gar nicht mehr vorstellen, dass ich anfangs nicht hierher wollte.

»Wie war das bei dir?«, frage ich.

»Ganz schlimm. Ich habe viel geweint. Aber meine Eltern wollten unbedingt.«

»Meine auch. Tja … Ich hatte einen verdammt guten Plan, wie ich es schaffe, ganz schnell wieder von der Insel zu verschwinden. Aber der ist dann gewaltig schiefgegangen …«

Ich erzähle ein bisschen was von der ersten Zeit hier auf der Insel und bringe Emilia damit ganz schön zum Lachen.

Als ich mit meinem Bericht fertig bin, sagt sie: »Es ist schön, dass du hier so viele Freunde hast.«

»Ja, das ist es.« Mir fällt auf, dass Emilia auf einmal sehr gut Deutsch spricht. Ob sie sich vorhin absichtlich begriffsstutzig gestellt hat? Ich bin hier anscheinend doch die einzige Fremdsprachenniete. Als ich ihr das sage, lacht sie schon wieder.

»Ich verstehe die deutsche Sprache gut. Aber ich spreche sie nicht gerne. Weil ich denke, dass ich noch viele Fehler beim Sprechen mache.«

»Nein, du machst das super, ganz ehrlich. Es hört sich total toll an. Du musst nicht so schüchtern sein.«

Emilia seufzt. »Ja, ich weiß. Ich sollte mir ein Beispiel nehmen. Du bist nicht schüchtern.« Dann sieht sie auf einmal traurig aus. »Die anderen Mädchen mögen mich nicht.«

»Was? Warum das denn?«

»Weil ich arm bin«, sagt Emilia. »Ich habe keine schönen Kleider, kein *telefonino,* keinen Lippenstift …«

Eine Träne kullert über ihre Wange, die sie schnell wegwischt. Ich tue so, als hätte ich es nicht bemerkt. Emilia jetzt zu bemitleiden, bringt gar nichts. Hier muss ein Aufbauprogramm her!

»Pah!«, sage ich. »Einen Lippenstift brauchst du gar nicht. Es geht auch ohne. Du bist auch so total hübsch. Und außerdem stimmt es nicht, dass die anderen Mädchen dich nicht mögen. Ich mag dich! Und Shanti, Larissa und Miu auch.«

»Aber die Mädchen aus meiner Klasse können mich nicht leiden.«

»Und was ist mit Graziella? Sie hat extra das Zimmer mit Adriana getauscht, um hier zu wohnen, weil sie dich mag.«

Endlich lächelt Emilia wieder. »Das stimmt. Graziella ist meine Freundin.«

»Na, siehst du! Eine richtig gute Freundin ist Gold wert.« Und das mit den anderen Mädchen kriegen wir auch noch hin, denke ich. Valentina und Maura waren schließlich vorhin auch ganz nett zu ihr.

»Aber jetzt müssen wir erst einmal unser Interview beenden, damit ich gleich was über dich zu berichten weiß … Was ist denn deine Leibspeise?«

»Was ist das?«

»Was du gerne isst, Pizza zum Beispiel oder Spaghetti bolognese oder lieber Carbonara?«

»Ah! Ich liebe *polpette*.«

Das klingt sonderbar, davon habe ich noch nie gehört. Ob das vielleicht eine Art Fisch ist? Meine Schwester Katta steht voll auf die kleinen in Öl frittierten Ringe, die sie mit Vorliebe in fette Mayonnaise tunkt. Das hört sich so ähnlich an.

»Ist das Tintenfisch?«, frage ich.

Emilia schüttelt den Kopf. »Tintenfisch ist *polipo, polpette* sind aus Fleisch. Das sind kleine ...« Sie bildet aus Daumen und Zeigefinger einen Kreis.

»Klöße!«, rufe ich aus. »Die liebe ich auch. Man nennt sie bei uns Frikadellen – oder Klopse. Meine Oma macht die besten.«

»Wenn du nach Italien kommst, musst du die *polpette* von meiner Oma probieren. Sie kocht sie in Tomatensoße. Sie schmecken super ... *buonissimo*.«

»Das mach ich, versprochen. Und du musst die von meiner Oma essen. Du kannst mich ja mal in den Ferien

besuchen kommen, wenn du magst. Am besten im Sommer. In der Imbissbude meiner Oma im Freibad gibt es die besten Pommes spezial der Welt.«

»Wirklich, ich darf dich besuchen?«, ruft Emilia. »Oh, das würde ich sehr gerne.« Sie überlegt einen Moment. »Aber es ist sehr weit von Neapel bis zu dir nach Hause.«

»Das stimmt allerdings. Aber wenn wir es uns beide ganz fest wünschen, klappt es vielleicht irgendwann. Das sagt Shanti zumindest immer. Wenn einem etwas wirklich am Herzen liegt und man es sich ganz fest wünscht, dann wird es auch passieren.«

Emilia nickt und sieht ganz ernst dabei aus. »Shanti ist ein besonderes Mädchen. Ich mag sie. Und dich mag ich auch.«

»Das ist schön!« sage ich.

Da sehe ich aus den Augenwinkeln ein paar unserer Jungs auf der anderen Teichseite entlangmarschieren. »Was geht da denn bitte schön ab?«

»Ich verstehe nicht?« Emilia folgt meinem Blick.

»Unsere Freunde.« Ich zeige auf Theo, Sam und Lennart, die mit vollgepackten Rucksäcken am anderen Ufer vorbeirennen. Clemens und Jakob folgen in ein paar Metern Abstand.

Ich drehe mich zu Shanti um, die mittlerweile aufgesprungen ist und laut »Sam, Sa-am!« ruft. Sie hat die Jungs also auch gesehen.

Aber die reagieren gar nicht.

»Sam!«, brüllt Shanti noch einmal, aber schon ist er

über den Zaun verschwunden, genau wie Theo und die anderen auch.

Keine fünf Sekunden später steht sie schwer atmend vor mir. »Von wegen, die wollen heute nur überirdisch suchen!«

Larissa kommt angerannt. »So bepackt, wie die waren, haben die 'ne Expedition in die Unterwelt vor!«

»Na warte!« Shanti schaut wütend drein. »Die können was erleben, wenn die das wirklich durchziehen.« Sie wirft einen Blick auf ihre Armbanduhr. »Mist, wir haben gleich acht. Wenn wir denen jetzt nachrennen, schaffen wir das niemals pünktlich bis zu unserer Vorstellrunde.«

»Keine Sorge, die sind bestimmt vorsichtig.« Larissa legt ihren Arm um Shantis Schultern.

Die beiden Italienerinnen kommen zu uns.

»Probleme?«, fragt Graziella.

»Ja!« Shanti rollt mit den Augen. »Jungs ...«

»Sie haben irgendwas vor«, sage ich, bevor meine Freundin zu viel verrät. »Aber wir wissen nicht, was.«

Ich glaube zwar schon, dass wir unseren Gastschülerinnen vertrauen können, aber hundertprozentig sicher bin ich mir nicht. Wenn wir Pech haben, tratscht es eine von ihnen weiter, und dann ist bald ganz Bernstein auf Schatzsuche.

»*Ambra*«, sagt Maura prompt. »Vielleicht suchen sie nach dem Schatz. Bei uns sind die Jungs ganz verrückt danach.«

»Das glaube ich nicht«, wirft Larissa ein. »Bestimmt geht es um das Gymnasium auf dem Festland.« Sie wirft einen geheimnisvollen Blick in die Runde. »Die Schüler dort haben nämlich Sir James entführt. Und wir haben ihn zurückerobert und dazu noch ein Huhn von ihnen geklaut.«

Larissa ist echt clever. Mit der Geschichte lenkt sie ganz bewusst von den unterirdischen Gängen und dem verborgenen Schatz ab.

»Wer ist Sir James?«, fragt Graziella.

»Das ist unser Schulhahn. Ihr werdet ihn morgen früh schon noch kennenlernen …«

Auf dem Weg zurück erzähle ich die Geschichte seiner Entführung. Die Mädchen hören gespannt zu – und vergessen zum Glück erst mal die Sache mit dem Bernsteinschatz.

Den Vogel abgeschossen

Ich räuspere mich.

»Also, das ist Emilia. Sie ist zwölf Jahre alt und kommt eigentlich aus Neapel. Ich bin sehr froh, dass sie meine Freundin ist, denn sie ist ein ganz besonderer Mensch. Später möchte sie mal Sängerin werden. Deswegen solltet ihr euch alle jetzt schon heute ein Autogramm von ihr geben lassen ...«

Die Mädchen hören gespannt zu, was ich über Emilia noch so zu berichten habe.

»Wenn ich sie irgendwann in Italien besuche, dann kocht ihre Oma *polpette* für uns. Das ist Emilias Lieblingsessen. Und jetzt dürft ihr raten, was das ist. Die Gewinnerin bekommt einen kleinen Preis«, beende ich meinen kurzen Vortrag.

Miu springt sofort auf das Ratespiel an. Sie will später unbedingt mal Köchin werden und ein eigenes Restaurant eröffnen. »Ist das eine Nudelsorte?«, fragt sie, aber bevor ich antworten kann, mischt Fleur sich ein: »Das sind Fleischklößchen«, ruft sie.

Ich habe ganz genau gesehen, wie Adriana ihr kurz zuvor etwas zugeflüstert hat, und bin mir sicher, dass sie es ihr verraten hat. Aber ich will jetzt keine schlechte Stimmung machen.

»Super, Fleur, ich wusste gar nicht, dass du dich auch so gut mit italienischem Essen auskennst. Es stimmt. Du hast gewonnen.«

»Was ist denn der Preis?«

Mist! Das habe ich vorhin nur so dahingesagt. Jetzt muss ich mir schnell was einfallen lassen.

»Also, wenn ich mir was wünschen könnte …«, sagt Fleur in mein Zögern hinein und setzt ihr schönstes Lächeln auf, »dann möchte ich, dass Emilia uns eine Kostprobe gibt und ein Lied für uns singt.«

So eine fiese Motte!

»Das geht nicht«, sage ich mit einem Seitenblick auf Emilia, die schon panisch dreinschaut.

Wenn sie jetzt singt und dabei vielleicht ähnlich begabt ist wie ich, endet das für sie in einer Riesenkatastrophe. Dann lachen alle Mädchen sie aus. Und ich bin schuld daran, weil ich meinen dummen Schnabel nicht gehalten habe.

»Der Gewinn muss natürlich von mir ausgezahlt werden.«

»Okay, kein Problem.« Fleur streckt ihre langen Beine aus und lehnt sich zurück. »Dann singst du eben.«

Ein Kichern geht durch die Reihen.

Klatsch! Jetzt hat sie mich. Ich bin im Schwimmen ein Ass. Und ich kann tolle Geschichten schreiben. Aber bei allem, was mit Musik zu tun hat, muss ich passen. Ich bin so was von unmusikalisch, und zum größten Bedauern meines Vaters, der Profisaxofonist ist, treffe ich keinen einzigen Ton. Und das weiß Fleur natürlich auch.

»Es muss ja keine Opernarie sein.« Sie lächelt mich an.

Aus der Nummer komme ich so schnell nicht wieder raus. Wenn ich kneife, muss ich mir ständig anhören, dass ich ein Feigling bin.

Aber wenn ich singe, wird es auch nicht viel besser für mich ausgehen. Schlimmstenfalls verlassen dann alle fluchtartig den Raum …

»Oh doch, es soll eine Arie sein.« Emilia steht auf. »Ich singe«, sagt sie.

»Das musst du nicht machen!«, rede ich auf sie ein, aber Emilia scheint bei ihrer Entscheidung zu bleiben.

»Was möchtest du hören, Fleur? Hast du einen speziellen Wunsch?«, fragt sie.

Damit habe ich nicht gerechnet. Und die französische Blume auch nicht. »Äh, ich weiß nicht …«, stammelt sie.

»Wie wäre es mit Johann Sebastian Back? Den kennst du doch sicher?« Emilia wirkt auf einmal total selbstsicher. Auch wenn sie *Back* sagt statt Bach. Sie scheint auf jeden Fall zu wissen, was sie da macht. Das hoffe ich zumindest.

»Na gut, wenn dir nichts einfällt, dann singe ich das *Ave Maria*. Das kennt eigentlich jeder.«

Es ist mucksmäuschenstill in unserem Wohnzimmer. Emilia steht mitten im Raum, gekleidet in ihre hellblau-weiße Schuluniform. Sie atmet einmal tief ein und wieder aus, schließt für einen kurzen Moment die Augen, und als sie sie wieder öffnet, legt sie los.

Ave Maria, singt Emilia mit glockenklarer Stimme, und ich schwöre bei allem, was mir heilig ist, dass mein ganzer Körper sofort mit einer megamäßigen Gänsepelle überzogen ist. Aber nicht, weil es so grottenschlecht ist, was Emilia da abliefert, sondern weil es einfach vom ersten Moment an genial ist.

Gratia plena, schmettert sie weiter. Ihre Stimme klingt wirklich wunderschön, ganz klar und kräftig. *Dominus tecum* … Ich habe keine Ahnung, was all die Worte bedeuten, aber es hört sich einfach nur schön an.

Shanti schubst mich an und

zeigt auf ihren Unterarm, der aussieht wie ein kleiner stacheliger Igel. Sie hat also auch Gänsehaut bekommen.

Emilia ist ganz in ihrem Element. Sie scheint alles um sich herum vergessen zu haben. Dass sie so verdammt gut ist, hätte ich ihr niemals zugetraut.

»Wahnsinn!«, höre ich neben mir, und ich glaube, dass es Larissa ist, die das eben geflüstert hat, aber sicher bin ich mir nicht. Emilia hat mich ganz in ihren Bann gezogen, so wie alle anderen anwesenden Mädchen auch.

Als sie dann von einem Moment auf den anderen ihre Vorstellung beendet, ist es ganz leise im Raum. Niemand sagt was. Fleur ist die Kinnlade nach unten geklappt. Und Adriana sieht auch nicht besser aus. Die beiden gucken ziemlich dümmlich aus der Wäsche.

Und auf einmal ruft eines der italienischen Mädchen, das mir bisher noch gar nicht weiter aufgefallen ist: »Bravo, Emilia, bravo!« Sie steht auf und klatscht. Und die anderen machen das auch. Alle applaudieren.

Emilia wechselt mal wieder die Gesichtsfarbe. Ihr ist der Auftritt sichtlich peinlich. Aber diesmal lächelt sie wenigstens. »*Grazie*«, sagt sie. »Danke. Ich danke euch.«

Bevor Lizzy etwas sagen kann, falle ich ihr um den Hals. »Das war wunderschön, Emilia, ganz toll, ehrlich. Du hast vorhin gar nicht erwähnt, dass du Arien singen kannst. Du wirst bestimmt später mal eine berühmte Opernsängerin, da bin ich mir absolut sicher.«

Es dauert eine ganze Weile, bis sich alle wieder beruhigt haben und die Vorstellungsrunde weitergeht. Es sind noch einige sehr sympathische und auch interessante Austauschschülerinnen darunter. Aber eins steht fest, ich habe mit Emilia den Vogel abgeschossen!

Babys gegen Omas

Es ist schon nach zehn, als wir endlich auf dem Zimmer sind. Emilia und Graziella verschwinden beide schwatzend im Bad, um sich den Schlafanzug anzuziehen und sich die Zähne zu putzen. Mutsch nennt die Prozedur immer *sich bettfertig machen.* Manchmal blockiert Katta unser Badezimmer so lange, bis ich kurz vorm Platzen bin und dann nach unten ins Bad meiner Eltern sprinten muss. Jetzt hat sie das gekachelte Reich für sich allein und muss es nur mit mir teilen, wenn ich am Wochenende zu Hause bin. Aber ich will mich nicht beschweren. Seit ich hier auf Bernstein bin und wir uns nicht mehr so oft sehen, ist meine Schwester erstaunlich nett geworden. Sie freut sich richtig, wenn ich komme. Und dann löchert sie mich und ich muss ihr alles ganz genau erzählen. Und das Beste ist, dass sie es anscheinend ohne Hintergedanken macht. Ich habe nämlich schon mein Zimmer, das weiter weg vom Elternschlafzimmer liegt, mit ihr getauscht. Jetzt kann sie abends länger aufbleiben, weil Mutsch und Papa nicht mehr mitbekommen, was sie so macht.

Shanti schaut auf ihr Handy. »Ich hab Sam schon vor einer Stunde eine Nachricht geschickt und er hat immer noch nicht geantwortet. Langsam mach ich mir echt Sorgen.«

»Ach, du weißt doch, wie die sind«, sage ich abwinkend. »Der hat bestimmt einfach nicht draufgeguckt. Außerdem müssen sie doch um zehn zurück in ihren Zimmern sein. Sonst gibt es Ärger.«

Das Argument scheint zu ziehen. »Du hast recht, daran habe ich gar nicht mehr gedacht.«

Shanti setzt sich auf die Pritsche, auf der sie die nächsten Nächte schlafen wird, und federt auf und ab. »Das wird hart. Aber was soll's, dafür sind die beiden echt nett. Was Emilia da eben gebracht hat, hat eine Menge Mut erfordert. Sie ist wirklich toll.«

»Ja, das finde ich auch, auch wenn sie selbst noch nicht wirklich dran glaubt.« Ich strecke mich auf meinem Klappbett aus. »Sie hat Probleme mit den anderen Mädchen.« Ich erzähle Shanti kurz von unserem Gespräch über das Stipendium und Emilias Kleidung.

»Pah!«, macht Shanti. »Wie sind die denn drauf? Man darf Menschen doch nicht nach dem Äußeren beurteilen! Außerdem haben die doch genau deswegen Schuluniformen.«

»Ja, aber die tragen sie ja nicht rund um die Uhr. Sag

mal … Vorhin, also heute Nachmittag, da hast du doch was von Klamottentausch gesagt. Steht dein Angebot noch?«

»Klar, ich bin dabei.«

»Und du machst auch keinen Rückzieher?«

»Was ist denn mit dir los? Du weißt doch, dass ich zu meinem Wort stehe.«

»Okay, dann starten wir morgen früh damit!« Ich grinse meine Freundin an.

Emilia kommt zuerst aus dem Badezimmer. Okay, das hellblaue Rüschennachthemd wäre ja gerade noch so zu akzeptieren gewesen, aber was bitte schön trägt sie denn da auf dem Kopf?

Sie ignoriert unsere offenen Münder und zeigt ungerührt auf mein Gästebett. »Ich schlafe hier«, sagt sie bestimmt, »und Graziella da. Und jetzt keine Diskussion.«

»Okay …«

Wir stehen auf und schauen dabei gespannt in Richtung Badezimmertür. Ob Graziella auch so ein komisches seidig glänzendes Teil auf dem Kopf haben wird, das aussieht wie eine zu weite Badekappe?

Emilia setzt sich auf das Gästebett, auf dem ich gerade noch gelegen habe.

Nein, als Graziella herauskommt, hat sie ihr dunkles glattes Haar zu einem langen Zopf geflochten. Für meinen Geschmack ist der Pony etwas zu kurz geschnitten, er fällt ihr nur zwei Finger breit gerade in die Stirn. Aber dafür hat sie wunderschöne große Augen, wie mir gerade auffällt. Zum Schlafen trägt sie ein pinkes Nachthemd, das aussieht wie ein langes T-Shirt. Also ganz normal. Von der Zahnschiene aus Plastik mal ganz abgesehen, die hervorblitzt, als sie uns anlächelt.

»Ihr seid dran«, lispelt sie und setzt sich zu Emilia auf die Pritsche.

»Das komische Ding ist eine Schlafhaube«, flüstert Shanti mir zu, als wir im Bad vor dem Spiegel stehen. Sie drückt uns eine ordentliche Portion Zahnpasta auf die Bürsten. »Früher hat man die getragen, weil es im Schlafzimmer keine Heizung gab und die Menschen dann im Winter auf dem Kopf gefroren haben. Das habe ich mal in einem Film gesehen.«

»In Italien ist es aber doch viel wärmer als hier. Und geschneit hat es auch noch nicht. Der Sommer ist gerade erst vorbei. Es ist ziemlich warm draußen.«

»Stimmt.« Shanti zuckt mit den Schultern. »Ach, was soll's, jeder, wie er will.«

Wir schrubben beide unsere Beißerchen. Danach bearbeiten wir sie mit Zahnseide.

Als wir gleichzeitig mit Shantis Pfefferminzspülung gurgeln und dabei lustige Geräusche machen, müssen wir beide lachen und spucken die Suppe schnell in das

Waschbecken, bevor wir uns verschlucken. Dann gibt es eine kurze Katzenwäsche und am Ende schlüpfen wir in unsere Schlafoveralls.

Ich zeige auf das weiße Haarband, das Shanti noch immer trägt.

»Ach ja, hab ich ganz vergessen.« Sie nimmt es ab und legt es auf das Tischchen neben dem Waschbecken.

Ich ziehe mir die Haargummis aus den Zöpfen und gebe einen Shanti, damit sie sich einen Pferdeschwanz machen kann so wie ich.

»Das mit den Läusen war ein ganz schön dickes Ding von Adriana«, sagt Shanti. »Ich bin echt froh, dass wir die eingebildete Schnepfe los sind.«

»Das kannst du wohl laut sagen!«

Als wir zurück ins Zimmer kommen, starren uns Emilia und Graziella an, als wären wir Geister. Und dann fangen beide volle Kanne an zu lachen.

Graziella zeigt erst auf Shanti, dann auf mich. »Was habt ihr denn da an?«

»Ihr seht aus wie Babys!«, ruft Emilia.

»Tragt ihr auch Windeln?« Graziella bekommt einen Lachkrampf.

Mutsch hat uns die genialen Schlafteile geschenkt. Man nennt sie *Jumpsuits*. Das ist englisch und bedeutet, dass man in die Anzüge reinspringen muss. Na ja, so ungefähr wenigstens. Als ich sie beim Shoppen neulich gesehen habe, musste ich unbedingt einen haben, so irre gut hat er mir gefallen. Ich habe Mutsch so lange angebettelt und ihr keine Ruhe gelassen, bis sie mir schließlich einen gekauft hat. Und für Shanti hat sie auch direkt einen geholt.

Ich gebe zu, dass sie vielleicht auf den ersten Blick etwas ulkig wirken. Und ein bisschen stimmt es auch, sie sehen aus wie Strampelanzüge, allerdings ohne Fußteil. Aber gerade deswegen habe ich mich sofort in sie verliebt.

Graziella und Emilia kriegen sich überhaupt nicht mehr ein.

»Habt ihr auch einen … Wie heißt das, das man Babys in den Mund steckt?« Graziella wischt sich Tränen aus den Augen.

»Einen Schnuller meinst du?«, frage ich empört. Jetzt ist aber eindeutig Schluss mit der Höflichkeit! Ich zeige auf Emilias pastellfarbene Schlafhaube. »Wie siehst du überhaupt aus? Wie eine alte Oma! Und Graziella mit ihrem Gebiss im Mund ist auch nicht besser!«

Ich schnappe mir ein Kissen und pfeffere es in Richtung der beiden Italienerinnen. »Das ist eine Kampfansage!«

Shanti leistet mir Beistand und innerhalb von Sekunden tobt eine heftige Schlacht, Italien gegen Deutschland, Babys gegen Omas …

»Na gut, unentschieden … Ich kann nicht mehr!«

Ich liege auf dem Boden zwischen den Gästebetten, alle viere abwehrend von mir gestreckt. Emilia und Graziella stehen über mir auf den Betten und zielen mit je einem Kissen in der erhobenen Hand auf mich. Shanti kniet vor mir und breitet schützend ihre Arme aus.

»Sie geben auf!« Zufrieden lässt Emilia das Kissen sinken. Ich schaue zu ihr hoch – die Haube sitzt schief auf ihrem Kopf – und ich kriege einen Riesenschreck, als ich schemenhaft ein Gesicht am Fenster sehe.

»Wer ist das denn?« Ich rappele mich auf, und in dem

Moment erkenne ich, wer da draußen vor der Scheibe steht. »Boah, Sam! Hast du mich erschreckt.«

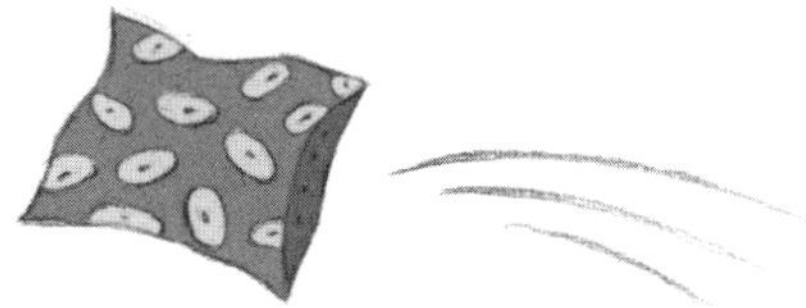

Shanti springt auf. »Das ist mein Bruder!«

Emilia zieht sich die Haube gerade und schüttelt den Kopf. »Nicht reinlassen, ich bin im Nachtkleid.«

Sie setzt sich zu Graziella auf Shantis Bett. Die beiden wickeln sich bis zum Hals in die Decke ein, sodass nur noch ihre Köpfe zu sehen sind.

Shanti steigt auf mein Bett, um das Fenster zu öffnen.

»Ich steh schon länger hier«, flüstert Sam, »aber ihr habt ja nichts gehört. Ihr habt ganz schön Krach gemacht.« Er zieht eine Augenbraue hoch. »Was habt ihr denn da an?«

Also, ich weiß gar nicht, was die alle haben. Mir gefällt unser Schlafoutfit. Und Shanti schließlich auch.

Ich gehe über die Frage hinweg und werfe einen Blick auf die Uhr. Mit dem Krach hat Sam allerdings recht. Wir haben kurz nach halb elf. Gut, dass wir unten schlafen. Im Zimmer nebenan sind Larissa und Miu, die meckern nicht, wenn es mal lauter wird. Und die Mädchen über uns bekommen nix mit.

»Wir hatten eine kleine Kissenschlacht.« Shanti deutet mit dem Daumen nach hinten. »Das sind übrigens Emilia und Graziella. Wo wart ihr eigentlich so lange?«

Hab ich mir doch gedacht, dass die Jungs noch vorbeikommen, weil sie sonst vor Neugierde platzen.

Ich mache einen langen Hals, um an Sam vorbei nach den anderen Ausschau zu halten. Er ist doch bestimmt nicht allein hier. Und da entdecke ich auch schon Jakob, der aus einiger Entfernung zu uns ins Zimmer herüberspäht.

»Hallo, Jakob«, sage ich und winke ihn heran. »Du musst dich nicht verstecken. Die Mädchen beißen nicht.« Ich drehe mich zu unseren Gästen um, die immer noch eingehüllt in ihre Decken dasitzen. »Oder doch?«

»Wir sind keine Vampire«, sagt Graziella. »Oder sehen wir so aus?«

Jakob ist mittlerweile ans Fenster gekommen und fixiert die beiden Mädchen im Hintergrund. Er kann seine Augen nicht von Emilia lösen.

Und Sam auch nicht.

Als Emilia merkt, dass die ungläubigen Blicke der Jungs ihr gelten, zieht sie sich schnell ihre alberne Schlafhaube vom Kopf. »Das ist gegen die Knoten im Haar. Und damit sie schön glänzen.«

»Ach so, na ja …« Jakob scheint absolut nicht zu wissen, was er dazu sagen soll. Der ist doch sonst nicht auf den Mund gefallen, denke ich. Ich muss mir auf die Lippe beißen, damit ich nicht anfange zu lachen. Für schönen Glanz soll das hässliche Ding also sorgen!

Gerade als ich Jakob mit einem Schubs durch das Fenster hindurch aus seiner Stockstarre lösen will, überrascht er uns mit perfekt klingenden Italienischkenntnissen, zumindest hört es sich für mich so an.

»Ciao Emilia, ciao Graziella. Sono Jakob, un' amico di Paulina e Shanti.«

»Ciao Jakob«, flöten die beiden und kichern albern.

»Wo hast du denn das gelernt?«, frage ich ihn.

»Ach, wir haben ein Ferienhaus an der Amalfiküste. Früher haben wir jeden Sommer dort verbracht.«

»Fett!«, gebe ich zu.

Mit einem Feriendomizil kann ich nicht aufwarten. Ich überlege gerade, ob ich was von der roten Villa im Garten von Kiras Opa erzählen soll, weil ich finde, dass man in der Holzhütte auch ruhig mal Ferien machen kann, wenn man bereit ist, auf alten Matratzen zu schlafen, da räuspert sich Sam auf einmal laut.

»Ich will eure nette Unterhaltung ja nicht stören, aber kann ich mal kurz mit euch unter vier Augen reden?« Plötzlich sieht er ganz ernst aus.

»Willst du mit mir sprechen – oder mit Paulina und mir? Das wäre dann ein Gespräch unter sechs Augen.«

»Ich meine ja sechs Augen«, sagt er leicht genervt.

Shanti blickt mich fragend an. Und ich sehe ihr an, dass sie überlegt, ob wir unseren neuen Freundinnen vertrauen können.

Ich nicke ihr unmerklich zu, dann wendet sie sich wieder an ihren Bruder.

»Du kannst ruhig offen reden, Sam. Auf Graziella und Emilia können wir uns verlassen. Sie erzählen nichts weiter. Also, rück raus mit der Sprache. Was ist passiert? Wo sind die anderen? Geht es ihnen gut?«

Sam kratzt sich am Kopf. »Ja, keine Sorge, mit denen ist alles in Ordnung, aber sagt mal, ihr habt nicht zufällig Prince und Hendrik gesehen?« Er stellt sich auf die Zehenspitzen, damit er unser Zimmer inspizieren kann.

Spinnt der? Ich positioniere mich so, dass er nichts mehr sieht, und verschränke die Arme vor der Brust. Der denkt doch nicht etwa, dass die ausgerechnet bei uns sind! Womöglich vermutet er sogar, dass wir sie unter unseren Betten versteckt halten.

Ich will gerade meinen Senf dazugeben, als Jakob sagt: »Es ist nämlich so … also, die beiden sind irgendwie verschwunden.«

Operation Rettung Prince Vollhorst

Graziella und Emilia sind auf dem Bett bis ganz nach hinten an die Wand gerutscht, die Decke immer noch vor dem Kinn. Sie beobachten mit großen Augen, wie Sam und Jakob durch das Fenster ins Zimmer klettern.

»Wir wollten euch nicht stören«, sagt Jakob mit Blick auf die beiden Italienerinnen.

»Zu spät, ihr seid ja schon hier.«

Ich mache es mir mit Shanti auf dem Bett bequem, wir nehmen Graziella und Emilia in unsere Mitte. Die Jungs stehen unschlüssig im Zimmer herum.

»Boah, jetzt macht doch nicht auf einmal einen auf schüchtern«, fahre ich sie an. »Jetzt setzt euch mal hin und erzählt. Was meint ihr damit, die sind … *irgendwie verschwunden?*«

»Na ja, wir haben den Höhleneingang gefunden und sind runter«, sagt Sam.

Shanti schnauft laut auf. »Wusste ich's doch!«

»Zuerst sind wir alle zusammengeblieben«, erzählt Sam ungerührt weiter. »Aber dann gingen plötzlich von dem einen Gang zwei weitere Wege ab. Und so haben wir uns aufgeteilt. Lennart und Clemens sind nach rechts, ich mit Jakob nach links ... und Prince und Hendrik sind geradeaus weiter.«

»Oh Mann!«, entfährt es mir. »Warum das denn? Beim letzten Mal sind wir alle zusammengeblieben und das war schon gruselig genug.«

So doof können auch nur Jungs sein! Einen auf dicke Hose machen und die Gefahr nicht abschätzen können.

Sam zuckt mit den Schultern. »Wir waren ja zu sechst und da dachten wir ...«

»Das kommt also raus, wenn Jungs denken«, empört Shanti sich. »Und was ist jetzt mit Prince und Hendrik?«

»Sie sind nicht wieder rausgekommen.« Jakob sieht bei seinen Worten nicht glücklich aus.

»Hm ...« Ich kneife die Augen zusammen. »Seid ihr euch sicher, dass sie euch nicht einfach nur einen blöden Streich spielen?« Ich kann mir vorstellen, dass die zu so was fähig wären! Es würde mich nicht wundern, wenn sie draußen irgendwo hinter einem Gebüsch lagern, uns beobachten und sich dabei beömmeln.

»Oder aber sie liegen schon in ihren Betten und träumen süß, während wir uns hier Sorgen um sie machen.«

Jakob schüttelt den Kopf. »Da haben wir schon nachgesehen, da sind sie nicht. Und am vereinbarten Treffpunkt sind sie auch nicht wieder aufgetaucht. Clemens und Lennart halten dort die Stellung. Theo steht vor Spanien. Falls sie am Haus auftauchen, meldet er sich. Und die anderen Jungs wissen auch, dass sie uns Bescheid geben sollen.«

»Habt ihr sie denn unten gesucht?«, fragt Shanti.

»Ja, was denkst du denn?«, funkelt Sam seine Schwester an. »Natürlich sind wir noch mal den mittleren Gang weiter entlang. Aber das war total verrückt. Plötzlich waren da voll viele Abzweigungen. Und nirgends waren Kreidestriche zu sehen, so wie wir das vereinbart hatten. Also wussten wir nicht, wo sie lang sind. Das war uns echt zu gefährlich.«

Jakob zieht ein gefaltetes Blatt Papier aus seiner Hosentasche und streicht es auf der Matratze glatt. »Das ist der Plan, den Clemens von zu Hause mitgebracht hat. Aber die vielen Abzweigungen sind da nicht eingezeichnet.«

Ich drehe den Kopf, kann aber nur gerade Linien sehen, die miteinander verbunden sind und an deren Enden Kreise liegen. »Sieht aus wie 'ne Geometriearbeit«, stelle ich fest.

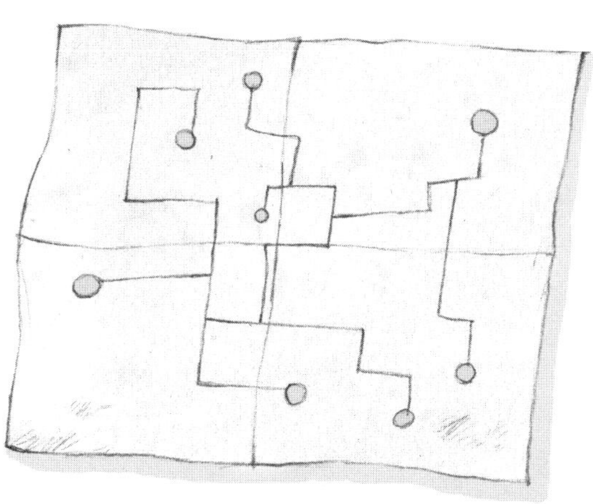

»Die Kreise sind Eingänge, die Linien Gänge.« Jakob zeigt auf ein Rechteck, in dem auch ein kleiner Kreis eingezeichnet ist. »Und das hier ist das Schloss.«

Würde man mich irgendwo im Urwald oder in der Wüste mit einer Landkarte aussetzen, wäre ich verloren. Ich würde mich erbarmungslos verlaufen, weil ich nämlich null Orientierungssinn habe. Allerdings hätte ich eine gute Überlebenschance, wenn ich Shanti bei mir hätte. Sie durchschaut den Plan nämlich sofort.

»Die Kreise sind Eingänge.« Ihr Finger tippt auf dem Plan herum und bleibt dann an einer Stelle hängen. »Wo genau liegt dieser Eingang?«

Ich versteh nur Bahnhof und versuche weiterhin angestrengt, einen Sinn in dem zeichnerischen Konstrukt zu erkennen.

Jakob zeigt auf den Kreis links unten auf dem Plan. »Dieser Eingang ist im kleinen Wäldchen, ganz in der Nähe des Bootshauses. Ihr kennt doch die dicke fette Eiche, die etwas abseits allein steht. Die mit dem hohlen Stamm, in die mal der Blitz eingeschlagen hat.«

Ja, damit kann ich was anfangen. Auf der Insel kenne ich mich mittlerweile sehr gut aus. »Heißt das, dass man durch den Baum in den Tunnel hinunterklettern kann?«

»Nein, das nicht, aber in der Nähe ist ein Gestrüpp. Und genau darin befindet sich der Eingang. Er ist mit Holzbrettern abgedeckt, die sich aber einfach zur Seite schieben lassen.«

»Und was wollt ihr jetzt machen?« frage ich.

»Keine Ahnung!« Sam zuckt mit den Schultern. »Wir haben gehofft, dass ihr vielleicht eine Idee habt.«

Ist ja wieder mal typisch! Die Jungs gehen auf große Entdeckungstour, und wenn etwas schiefgeht, müssen wir es geradebiegen. Aber ehrlich gesagt fällt mir momentan auch nichts Schlaues ein. Außer dass wir vielleicht Hilfe bei den Erwachsenen holen sollten, wenn die beiden Idioten tatsächlich nicht wieder auftauchen. Und da kommt mir nur Herr Naunheim in den Sinn.

Der hat sich letztens den Gartenschuppen ausgebaut und eingerichtet, damit er auf der Insel schlafen kann und nicht immer mit der Fähre zurück ans Festland muss. Und wir haben ihm dabei geholfen. Die Jungs haben Holzbretter und anderes Zeug herangeschleppt und wir Mädels haben den Pinsel geschwungen und die Hütte gestrichen. Ist ein richtig schönes Häuschen geworden.

Wir haben deswegen bestimmt was gut bei Herrn Naunheim. Auch wenn er total sauer sein wird, dass die Jungs so unvernünftig waren.

Und der Pinguin erst! Die Kuhn wird toben. Hendrik und Prince haben sowieso schon eine Verwarnung wegen der blöden Geistergeschichte am Rhein, die dürfen sich eigentlich keinen weiteren Stress mit der Schulleitung einhandeln, sonst fliegen die am Ende noch vom Internat. Ich meine, ein wirklicher Verlust wäre es nicht, zumindest was Hendrik angeht. Prince hat ja, zugegebenerweise, auch ein paar ganz nette Seiten.

»Ich glaube, wir können euch da nicht helfen.« Ich beuge mich nach vorn und schaue Shanti an. »Oder was meinst du?«

»Das sehe ich ehrlich gesagt genauso. Wenn die nicht bald wieder auftauchen, dann müssen wir einem Lehrer Bescheid sagen. Oder eben Herrn Naunheim. Und wenn dann rauskommt, dass sie sich nur versteckt haben und uns veräppeln, dann sind sie selbst dran schuld, wenn sie Ärger bekommen. Sie müssten ja eigentlich wissen, dass wir Alarm schlagen werden.«

Shanti hat absolut recht. In meinem Bauch grummelt es, weil mir gerade klar wird, dass die beiden wahrscheinlich wirklich in ernsthaften Schwierigkeiten stecken. Die würden es nie riskieren, wegen so eines blöden Streichs vom Internat zu fliegen. Die wissen, dass sie sozusagen auf Bewährung sind. Hoffentlich ist nichts Schlimmes passiert!

Graziella und Emilia haben die ganze Zeit ruhig zugehört. Doch nun tuscheln sie leise auf Italienisch miteinander. Dann schiebt Emilia ihren Arm unter der Decke hervor und zeigt auf den Plan. »Das ist eine Kopie. Habt ihr auch das Original?«

»Ja, das hat Clemens«, antwortet Jakob. »Er hütet die alte Karte wie seinen Augapfel.«

»*Va bene* ... Gut!« Emilia spricht die Jungs an. »Wartet draußen. Wir ziehen uns an und kommen mit.«

»Habt ihr eine Kerze und ein Feuerzeug?«, fragt Graziella. »Oder Streichhölzer?«

Was? Die wollen doch nicht etwa mitten in der Nacht in den Geheimgängen spazieren gehen! Ob denen die Kissenschlacht nicht gut bekommen ist?

»Klar, haben wir«, sagt Jakob. »Aber wofür? Wir haben Taschenlampen.«

»Ist nicht für die Beleuchtung. Auf der Karte gibt es geheime Gänge, die man nicht gleich sieht, sondern erst durch Wärme«, erklärt Emilia.

»Auf Capri haben wir auch solche Gänge.« Graziella zeigt auf das Blatt. »Und genau so eine Karte.«

Sam springt auf. »Ihr meint, wenn man eine Kerze dahinter hält, werden weitere Gänge sichtbar? So wie bei einer Geheimschrift, wenn Zitronensaft aufgetragen wurde? Das könnte durchaus sein!« Aufgeregt wendet er sich an Jakob. »Komm, Alter, du gehst Kerze und Streichhölzer organisieren. Ich sag Theo Bescheid, dass er zu uns stoßen soll. In der Zeit können die Mädels sich fertig machen.«

»Moment mal«, werfe ich ein. »Werden Shanti und ich gar nicht gefragt?«

Aber darauf reagieren die Jungs nicht mehr. Sie sind schon dabei, aus dem Fenster zu klettern.

»Wir treffen uns gleich hinter dem Teich am Zaun«, flüstert Sam, als er noch einmal kurz seinen Kopf ins Zimmer steckt.

Mist! Immer dieser Prince. Der bringt mich echt noch um den Verstand. Jetzt müssen wir auch noch mitten in der Nacht nach ihm und seinem Schatten suchen.

»Ich geh da nicht runter«, maule ich. »Auf gar keinen Fall!«

»Ich auch nicht!«, pflichtet Shanti mir bei und zieht schon was zum Anziehen aus dem Schrank. Es ist die hellgelbe Tunika mit den lila Streifen.

»Wir sollten uns möglichst dunkel kleiden, damit man uns nicht so schnell entdeckt«, merke ich an.

»Ja, du hast recht, so machen wir das.« Shanti schlüpft in ihre dunkelbraune Cordhose und hält Ausschau nach einem passenden Oberteil.

Emilia steht vor dem Schrank mit ihren Klamotten und mein Blick wandert über ihre Schulter. Ich schüttle unmerklich den Kopf und halte ihr kurzerhand eine meiner Jeans hin, dazu ein dunkelblaues Sweatshirt. »Hier, am besten, du ziehst was von mir an. Deine Sachen sind alle zu hell.«

Sie lächelt mich an. »Oh, danke, Paulina.«

Außerdem hat Emilia nur Röcke dabei. Und wenn sie mit einer ihrer komischen rosa Blusen nachts über die Insel rennt, denken bestimmt alle, sie sei ein Gespenst. Aber das behalte ich für mich.

Graziella ist mittlerweile in schwarze Leggins und ein schwarzes Langarmshirt geschlüpft, die perfekte Tarnkleidung für einen nächtlichen Ausflug über die Insel.

Shanti wühlt immer noch in ihrem Kleiderschrank. »Ich habe nur bunte Oberteile!«

»Dann nimmst du eben auch was von mir.« Ich reiche ihr meinen extralangen dunkelgrauen Pullover mit dem schwarzen Peacezeichen.

»Das ist ja dein Lieblingspulli!«

Das mit dem Tauschgeschäft habe ich mir anders vorgestellt. Ich dachte eigentlich, wir würden erst morgen damit anfangen. Außerdem kommt es mir momentan doch sehr einseitig vor. Dennoch freue ich mich darüber, dass ich Shanti mit dem Pulli eine Freude machen kann. Ich weiß, dass sie schon längere Zeit damit liebäugelt, ihn einmal zu tragen.

Für mich bleibt die schwarze Jogginghose, die ich neulich Katta abgeluchst habe. Sozusagen als kleine Wiedergutmachung dafür, dass sie mein Zimmer bekommen hat. Sie ist aus weichem Teddyfrottee und schön kuschelig. Und für obendrüber suche ich die schwarze Sweatjacke aus, die Kira mir geschenkt hat. In der Kapuze kann ich notfalls auch mein rotes Haar verstecken, sodass man mich nicht schon aus hundert Metern Entfernung erkennt.

Schwarze Kohle würde jetzt mein nächtliches Outfit perfekt machen. Ich hätte sogar welche in meinem Schreibtisch, Zeichenkohle ganz genau genommen. Auf einmal muss ich grinsen. Nun hat mich doch die Abenteuerlust gepackt. Aber wir müssen es ja nicht gleich übertreiben. Und so hole ich statt der Zeichenkohle meine Taschenlampe aus dem Nachttischschränkchen und blinke damit ein paarmal probehalber durchs Zimmer.

»Also los, Mädels, Aufbruch! Die Operation Rettung Prince Vollhorst und Honk Hendrik kann beginnen.«

Ich will gerade aus dem Fenster klettern, da höre ich Graziella hinter mir: »Ist Vollhorst eigentlich ein echter Prinz?«

»Ja, ein echter Prinz mit dunklen Locken und ebenso dunklen Augen«, sagt Shanti. »Er heißt Prince Samuel El Hadary mit vollem Namen. Aber pass auf, dass er dich nicht verzaubert. Fast alle Mädchen hier sind in ihn verliebt.«

»Du etwa auch?«

Ich bin schon draußen, kann aber trotzdem jedes Wort ganz genau verstehen.

»Ich, in den?« Shanti klingt empört. »Niemals!«

Wenn sie jetzt eine blöde Bemerkung macht und auf mich zu sprechen kommt, dann schmiere ich ihr die Sache mit Lennart aufs Brot. Ich weiß ganz genau, dass sie in ihn verknallt ist. Aber sie tut so, als wäre er ihr völlig egal.

»Ich bin gegen den Zauber immun«, sagt sie und ich werfe ihr einen warnenden Blick zu. »Und Paulina auch.« Shanti lacht. »Aber nicht, dass ihr den Blödsinn jetzt etwa glaubt. Das war nur ein Spaß. Einen Liebeszauber gibt es genauso wenig wie einen bösen Blick.«

Graziella klettert aus dem Fenster. »Und du, Paulina? Glaubst du an einen Liebeszauber?«, fragt sie. »Warst du schon einmal verliebt?«

»Nein!« Vehement schüttle ich den Kopf.

»Schade. Ich auch nicht. Aber Schmetterlinge im Bauch sollen sehr schön sein.«

Wer steht schon auf Justin Bieber?

Clemens, Lennart und Theo staunen nicht schlecht, als wir in unserer Tarnkleidung auf sie zugerannt kommen. Und als sie die beiden Austauschschülerinnen bei uns entdecken, gucken sie noch komischer aus der Wäsche. Mit ihnen haben sie offensichtlich überhaupt nicht gerechnet.

»Äh …« Lennart zeigt auf Graziella und Emilia. »Meint ihr, dass das eine gute Idee ist?«

Ein bisschen mehr Feingefühl hätte ich Lennart schon zugetraut, aber ich kann ihn verstehen. Hätten die Jungs zwei völlig Fremde zu so einer Aktion mitgebracht, wäre ich auch skeptisch gewesen.

»Das geht absolut in Ordnung«, werfe ich mich für die beiden Mädels ins Zeug. »Aber jetzt brauchen wir erst einmal deinen Originalplan von den Geheimgängen, Clemens.«

»Was willst du denn damit anstellen?« Clemens zögert einen Moment, aber als ich hinzufüge: »Es ist wichtig«, gibt er ihn mir, ohne weiter nachzufragen.

Jakob zündet mit einem Streichholz die Kerze an und reicht sie weiter an Emilia. »Mach du das lieber, es war deine Idee.«

Ich stelle mich vor sie und halte den Plan mit beiden Händen. »Passt mal auf, wenn alles gut geht, kommt gleich was zum Vorschein.«

Die Jungs drängen sich um das alte Stück Papier.

Emilia führt die Kerze nah an die Rückseite heran und bewegt sie langsam in alle Richtungen.

Als sich an einer Stelle plötzlich ein brauner Fleck bildet, ziehe ich das Papier ganz schnell zurück. Das war knapp!

»Passt doch auf«, meckert Clemens. »Nicht so dicht, sonst fackelt ihr den Plan noch ab.«

Emilias Hand zittert, als sie die Flamme wieder heranführt. Da umfasst Jakob ihre Hand. »Du machst das sehr gut, nur Geduld. Falls es wirklich eine Geheimschrift gibt, dauert es eine Weile, bis sie sichtbar wird.«

»Das gibt's doch nicht«, flüstert Clemens nach einer Weile. Er hat die Veränderung zuerst entdeckt. Eine braune Linie erscheint wie von Geisterhand auf dem Plan.

»Der Gang endet in Herrn Naunheims Garten!«, ruft Shanti. »Seht doch, hier ist noch ein Eingang, gleich neben der Kapelle! Hat jemand von euch zufällig Papier und einen Stift dabei?«

Was? Wie? Wo? In Herrn Naunheims Garten? Wie kommt sie denn jetzt darauf?

»Klaro!« Theo wühlt in seinem Rucksack und reicht ihr Kugelschreiber und Notizblock. Er ist wieder mal bestens ausgestattet.

Shanti setzt sich auf den Waldboden und zeichnet mit schnellen Strichen einen Inselplan. Dann überträgt sie die Linien und Kreise der Geheimgänge auf ihr Papier.

»Ist ja irre!«, sage ich, denn jetzt erkenne ich es auch.

»Vielleicht hat der Fährmann sie ja erwischt und nun sitzen sie dort fest«, mutmaßt Theo.

»Ja, genau, bei Wasser und Brot. Oder er mästet sie, wie Hänsel und Gretel, weil er sie auffuttern will.« Ich remple ihn mit dem Ellenbogen an. »Träum weiter, Theo!«

»Warum sollte der Naunheim das denn machen? Wenn er sie wirklich erwischt hat, dann hat er sie zum Pinguin befördert, und sie holen sich gerade eine gewaltige Standpauke ab.«

Theo kratzt sich am Kopf. »Ich mein ja nur, weil der manchmal so grimmig dreinschaut.«

Das stimmt schon. Wenn Herr Naunheim sauer ist, dann blitzen seine eisblauen Augen beängstigend unter den buschigen Augenbrauen auf. Aber eigentlich ist er nett, sehr nett sogar. Und das weiß Theo auch. Mit ihm geht mal wieder eindeutig die Fantasie durch.

»Vielleicht haben sie einfach den Weg nicht mehr zurückgefunden«, sagt Sam. »Erinnert ihr euch, wie wir damals auch ewig im Tunnel herumgesucht haben, bis wir endlich auf die Abzweigung gestoßen sind? Und dann hat sich rausgestellt, dass der Eingang mit einer Plastikwand verschlossen war.«

Ich werfe einen Blick in die Runde. »Und was machen wir jetzt?«

»Zwei von uns bleiben hier«, schlägt Theo vor. »Der Rest geht zum Naunheim.«

Okay, damit kann ich leben. Hauptsache, ich muss nicht runter in den dunklen Tunnel. »Ich bleib gerne hier und halte Wache«, sage ich und schiele zu dem Lager hinüber, das die Jungs an der Eiche aufgeschlagen haben. Meine Augen haben sich mittlerweile an die Dunkelheit gewöhnt, sodass ich alles erkennen kann. Es sieht richtig gemütlich aus. Eine Decke, etwas Proviant, so lässt es sich aushalten.

»Nein, du gehst mit, Paulina.« Theo lässt mal wieder den Cheforganisator raushängen. »Du kommst am besten von uns mit dem Naunheim klar. Ich würde eher sagen, Lennart hält hier die Stellung. Er ist vorhin im Gang umgeknickt und kann nicht mehr so gut laufen.«

»Ist es schlimm?«, frage ich besorgt.

Lennart winkt ab. »Nicht der Rede wert. Aber schnell rennen geht schlecht.«

Theo sieht sich in der Runde um. Er macht immer noch einen auf Chef. »Jakob, du bleibst bei ihm. Der Rest geht mit uns.«

»Ich hab aber keine Lust, hier zu sitzen und Däumchen zu drehen.« Jakob streicht sich die Haare zurück. »Ich geh auf jeden Fall mit.«

Hä, was ist denn mit dem los? Der ist doch sonst eher schüchtern! Das passt gar nicht zu ihm. Es sei denn ... er will jemanden beeindrucken. Und ich weiß auch ganz genau, wen. Er mag Emilia! Das ist ja so was von süß.

Ich eile ihm zu Hilfe. »Ich fände es auch gut, wenn Jakob mitkommen würde. Er spricht am besten von uns Italienisch. Vielleicht muss er ja mal etwas übersetzen, oder so.«

Und wenn ich schon mal dabei bin, die Sache mit den Schmetterlingen im Bauch anzukurbeln, dann richtig.

»Außerdem fände ich es ehrlich gesagt gut, wenn möglichst viele mutige Jungs dabei wären. Wer weiß, was uns noch so alles erwartet.«

»Stimmt, da hast du natürlich recht«, pflichtet mir Theo sofort bei.

So eine Pappnase! Das Wort *mutig* hat sofort gewirkt. Wir Mädchen würden auch ganz allein eine Lösung finden. Immerhin war es Emilia, die die Sache mit dem

Plan aufgeklärt hat. Und Shanti hat sofort erschlossen, wo der Gang endet. Ohne uns wären die Jungs nie darauf gekommen, wo sie nach Prince und Hendrik suchen müssen. Aber was ich wirklich denke, muss Theo ja nicht unbedingt wissen.

»Ich finde, es sollte eher ein Mädchen bei Lennart bleiben.« Unbeteiligt schaue ich in die Runde. »Und da ich nicht kann …«

»Also, wenn es unbedingt sein muss, dann bleibe ich eben hier.« Shanti tut so, als würde sie ein großes Opfer bringen. Aber ich weiß ganz genau, dass sie sich wie Hulle darauf freut, mit Lennart allein im Wald Wache zu schieben.

»Warum nicht«, sage ich. »Am besten, wir warten jetzt nicht länger. Hoffentlich ist nichts Ernstes passiert.«

Das hat bisher keiner ausgesprochen, aber ich bin mir sicher, dass zumindest Shanti auch so denkt. Eigentlich müssten wir sofort Hilfe holen.

Die beiden sind ja jetzt schon eine ganze Weile verschwunden. Und wenn es wirklich brenzlig wird, müssen wir wohl oder übel in den sauren Apfel beißen und bei Herrn Naunheim anschellen.

Es ist stockdunkel auf der Insel. Wir tasten uns durch das kleine Waldstück und dann über die Wiese in Richtung Kapelle. Herrn Naunheims Garten liegt gleich daneben.

Obwohl es so finster ist, trauen wir uns nicht, die Taschenlampen anzumachen, damit wir auch ja unentdeckt bleiben. Wir kommen nur langsam voran und müssen vorsichtig sein, damit sich nicht noch jemand verletzt, so wie Lennart. Theo und Sam gehen vorneweg, dahinter kommen die beiden Italienerinnen und ich. Clemens und Jakob bilden weiter hinten die Nachhut.

»Was für ein Abenteuer«, flüstert Graziella. »Und das an unserem ersten Tag! So etwas habe ich bei uns im Internat noch nie erlebt.«

»Da ist es sehr langweilig«, fügt Emilia hinzu.

»Aber ihr habt doch auch einen Schatz. *Ambra*, nicht wahr?« Ich bin stolz, dass ich mir das Wort gemerkt habe.

Emilia hakt sich bei mir unter. »Ja, aber den suchen die Jungs ohne uns. Die wollen mit uns nichts zu tun haben. Sie sind nicht so nett wie eure.«

»Du meinst Jakob«, sage ich leise. »Der ist wirklich nett.« Genau genommen ist er der Vernünftigste von uns allen. Und er ist vor allen Dingen nicht so ein Draufgänger wie Theo oder gar Prince.

»Nein«, sagt Emilia, doch ich kann hören, dass sie flunkert. »Ich finde sie alle gleich nett.«

Graziella hängt sich auf der anderen Seite bei mir ein. »Du hast recht, Paulina. Jakob ist wirklich besonders nett. Und er sieht auch sehr gut aus. Richtig schöne blonde Haare! Und so gepflegt. Emilia, wenn du ihn nicht willst, meinst du, er mag mich? Ich finde ihn jedenfalls sehr süß!«

»Graziella!«, schimpft Emilia. »Du bist gemein.«

»Pssst!«, macht Theo vorn. »Weiber! Immer müssen sie rumgackern …«

Ich schmunzle vor mich hin, während wir schweigend den Jungs hinterherlaufen. Bisher habe ich mir noch nie großartig Gedanken über Jakob gemacht. Er war zwar immer überall dabei, aber viel weiß ich ehrlich gesagt nicht über ihn.

Er ist eben zurückhaltender als die anderen und erzählt kaum was von sich. Dass er aus gutem Haus kommt, so wie Clemens, ist offensichtlich. Ein Ferienhaus an der Amalfiküste … wer, bitte schön, hat denn so was? Und dann erst seine Klamotten. Wie hat Graziella die gleich genannt? *So gepflegt!* Schnöselig würde ich es eher nennen, aber egal.

Auch heute hat Jakob wieder ein gebügeltes Hemd an. Und dazu trägt er einen Schal. Also, keinen gestrickten Winterschal, sondern eher ein dünnes Seidentuch, das er sich locker um den Hals geschlungen hat. Voll schickimicki! Dass er mittlerweile seine altmodischen Bundfaltenhosen gegen Jeans ausgetauscht hat, ist schon mal ein Fortschritt. Aber auch die sehen irgendwie noch gebügelt aus.

Ob er das selbst macht? Mit einem Reisebügeleisen? Oder seine Mutter, wenn er am Wochenende zu Hause ist? Oder vielleicht sogar die Haushälterin?

Aber mal abgesehen von den Klamotten, hat Graziella recht. Er sieht eigentlich ganz gut aus. Warum ist mir das bloß noch nie aufgefallen? Er hat keine Pickel im Gesicht, ist sportlich … und seine blonden Haare hängen auch nicht mehr so platt gedrückt herum wie in der Anfangszeit hier auf Bernstein. Da dachte ich immer, Jakobs Kopf hat noch nie eine Bürste oder einen Kamm gesehen. Jetzt trägt er seine Matte über den Ohren wenigstens kurz geschnitten. Ich glaube, dass der Friseur da sogar mit einem Rasierer Hand angelegt hat. Obendrauf sind sie um einiges länger. Es sieht auf jeden Fall modisch aus. Ich hab jetzt schon ein paar Jungs gesehen, die diesen Cut tragen …

Wir sind fast angekommen, als Emilia sich noch einmal zu mir umdreht. Auch sie scheint über ihn nachgedacht zu haben.

Denn als sie sich vergewissert hat, dass Clemens und Jakob weit genug weg sind und uns nicht hören können, sagt sie: »Jakob ist sehr hübsch. Er sieht aus wie Justin Bieber.«

Oh Mann, gut dass Shanti nicht dabei ist und das gehört hat. Wahrscheinlich hätten wir sonst synchron laut losgelacht, sodass der Naunheim uns sofort gehört hätte und die ganze Aktion aufgeflogen wäre. Ich verkneife mir ein Lachen, indem ich mir auf die Lippe beiße, aber ich weiß dadurch wenigstens, warum ich *nichts* an Jakob finde.

Emilia hat recht, er sieht wirklich ein bisschen aus wie Justin Bieber. Und auf den stehe ich überhaupt nicht.

Was für ein Chaos!

»Der Naunheim ist gar nicht da!« Sam späht hinüber zum Gartenhaus. »Zumindest brennt kein Licht.«

»Oder er schläft schon«, sagt Theo. »Die Fähre liegt unten am Bootssteg, das hab ich vorhin gesehen. Er muss also auf jeden Fall auf der Insel sein.«

Wir liegen flach auf den Bäuchen im Gras und beobachten Naunheims Schlafstätte, die bis vor Kurzem noch ein einfacher Geräteschuppen war.

»Oder ...«, ich werfe einen Blick auf mein Handy, »er ist noch auf seinem letzten Kontrollgang. Den macht er immer so zwischen halb elf und elf. Und wir haben jetzt zehn vor.«

»Du hast recht, Paulina, der schleicht bestimmt gerade über die Insel«, sagt Clemens. »Du solltest Shanti auf jeden Fall eine Nachricht schicken und sie warnen. Nicht dass er die beiden in ihrem Nachtlager erwischt.«

Das wär was! Das würde ja so aussehen, als ob Shanti und Lennart sich im Wald verabredet hätten. Und das um diese Uhrzeit!

Passt auf Naunheim auf und lasst euch nicht auf eurer Picknickdecke erwischen, könnte sein, dass er auf Kontrollgang ist!, tippe ich grinsend in mein Handy.

Als nur ein paar Sekunden später mein Handy laut piept und Shantis *Haha, sehr witzig* eintrifft, zucke ich erschrocken zusammen.

»Boah, Paulina«, moppert Sam sofort rum. »Schalt das bloß auf lautlos.«

»Ist ja gut.«

»Gehen wir zusammen oder teilen wir uns auf?«, fragt Clemens.

»Aufteilen«, entscheidet Jakob. »Am besten wieder in Zweiertrupps. So können wir das Haus beobachten und auch den Weg zum Grundstück. Damit haben wir beide Optionen abgedeckt. Entweder er schläft und ist im Haus – oder er ist unterwegs und kommt gleich wieder. Und die anderen können so lange den Eingang zum Geheimgang suchen. Wir sollten nur irgendwelche unauffälligen Warnsignale ausmachen, bevor wir uns trennen. Wir können ja schlecht rumschreien oder wie wild Blinkzeichen geben.«

Der Gedanke, in Herrn Naunheims Garten rumzuschleichen, gefällt mir gar nicht. Aber ich bin die Einzige, die regelmäßig hier ist, um mich um die Tauben und meinen süßen Graf Dracula zu kümmern. »Ich kenne mich auf dem Gelände ganz gut aus«, sage ich.

»Und ich kann einen Uhu nachmachen.« Clemens legt die Fingerspitzen zusammen und formt mit seinen Händen eine hohle Kugel. Dann pustet er in das Loch zwischen seinen Daumen. »U-hu, U-hu«, ertönt es laut.

»Das kann ich auch.« Emilia macht es ähnlich wie Clemens, allerdings pflückt sie noch einen breiten Grashalm, den sie zwischen ihre Daumen legt, bevor sie in die Lücke pustet. Ihr Uhu hört sich etwas piepsiger an, aber immer noch sehr echt.

»Emilia und ich können den Weg bewachen«, sagt Graziella. »Und wenn jemand kommt, dann hört ihr diesen Uhu.«

»Meint ihr wirklich?« Dass die beiden ganz allein hier draußen Wache schieben wollen, behagt mir gar nicht. Es sind immerhin unsere Gäste, und wenn denen was passiert, dann sind wir dafür verantwortlich.

»Ja, kein Problem, Paulina.« Emilia deutet in Richtung Garten. »Wir bleiben hier und ihr sucht Vollhorst und Honk.«

»Das hast du jetzt nicht wirklich gesagt, oder?« Theo grinst über beide Backen. »Emilia, du bist echt cool.«

Sie versteht das Lob nicht ganz, weil sie ja denkt, dass die beiden wirklich so heißen. Aber das wissen die anderen ja nicht.

Mir jedenfalls gefällt der kleine Spaß, deswegen kläre ich das Missverständnis im Moment nicht auf.

»Sie sind beide cool, Emilia und Graziella«, sage ich stattdessen. »Toll, dass ihr uns helft. *Mille grazie*. Ihr bleibt also hier und gebt das Zeichen, wenn Herr Naunheim zurückkommt. Gehen wir zusammen, Justin?« In dem Moment, in dem ich es ausspreche, merke ich, was ich da gerade gesagt habe. Graziella fängt an zu kichern.

Wie komme ich bloß aus der Nummer wieder raus? »Äh, ich meine natürlich Jakob«, stelle ich klar. »Sorry, ist schon echt spät und ich habe lauter komische Gedanken im Kopf.«

»Kein Problem«, sagt der. Mann, wie peinlich! Jetzt hab ich Jakob doch glatt mit Justin Bieber verwechselt.

Wir laufen rüber zum Garten. Das Tor ist nur angelehnt, sodass wir ohne Probleme auf das große Grundstück kommen. Clemens bezieht Position zwischen der Biotonne und der für Altpapier und beobachtet das Haus.

»Ihr sucht auf der einen, wir auf der anderen Seite«, schlage ich vor.

Theo und Sam machen sich auf den Weg. Jakob und ich gehen langsam am Haus vorbei und suchen Schritt für Schritt den Garten ab. Es könnte ja sein, dass sich der Eingang einfach im Boden befindet und nur notdürftig abgedeckt wurde. Aber wir können absolut nichts Verdächtiges im Rasen entdecken.

Ich zeige auf den mannshohen Taubenschlag, der weiter oben im Garten steht. »Wir müssen leise sein, wenn wir hineingehen, die Tauben schlafen sicher schon. Hoffentlich ist der Eingang nicht ausgerechnet da.«

Jakob heftet sich an meine Fersen und wir stiefeln nach oben. Ich hebe den Riegel und drücke die Holztür auf. Die Täubchen schlafen wirklich schon alle. Sie stehen aufgeplustert und mit eingezogenen Köpfen in ihren Käfigen.

»Wo ist Graf Dracula?«, flüstert Jakob.

»Im zweiten Käfig in der oberen Reihe, ganz rechts außen«, sage ich, mein Blick aber geht runter zum Fußboden. Wenn der Eingang wirklich hier drunterliegt, haben wir ein Problem. Wir können schlecht die ganzen Holzbohlen abklopfen und die Tiere damit aufschrecken.

»Oh, mein Gott!« Jakob steht vor dem Käfig und schlägt sich die Hand vor den Mund.

»Was hast du?« Mit drei langen Schritten bin ich sofort bei ihm.

»Ist er ... ist er tot?« Jakob sieht mich entsetzt an.

»Nein, keine Panik, der schläft immer so.«

Alle Tauben schlafen im Stehen, nur meine nicht. Graf Dracula ist halt besonders. Er liegt wie immer auf dem Rücken, die Beinchen in die Luft gestreckt. Wenn er könnte, würde er wahrscheinlich sogar schnarchen.

Jakob steht neben mir und plötzlich kann ich es riechen. Graf Dracula ist es bestimmt nicht, der hier nach irgendeinem herben Parfum müffelt.

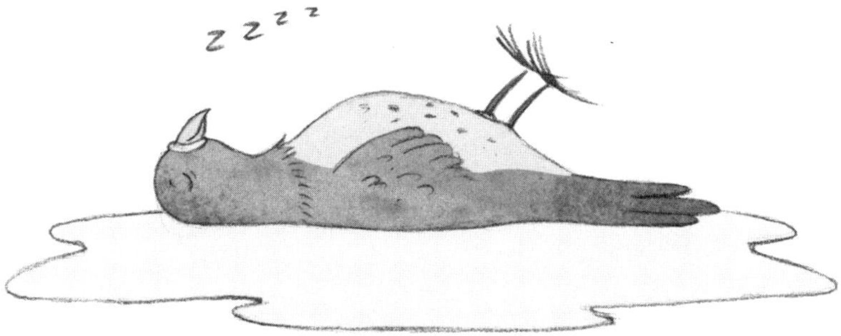

Kritisch schaue ich ihn an und ziehe meine Nase kraus. »Sag mal, hast du dich etwa eingepöfft?«

»Was, ich? Nein!«

Für meinen Geschmack schüttelt Jakob etwas zu vehement den Kopf.

»Vorhin hast du aber noch nicht so ... geduftet ...« Es sieht ganz danach aus, als hätte Jakob sich einparfümiert.

»Ist wahrscheinlich nur das Duschgel«, nuschelt er.

Ich gehe mit meiner Nase ganz dicht an seinen Hals. »Riecht auf jeden Fall gut, egal, was es ist. Irgendwie nach Zitrone.«

»Findest du?« Jakob verzieht ein wenig den Mund.

Es erinnert mich an das Zeug, das mein Vater nach dem Rasieren benutzt, aber da bei Jakob noch nichts Haariges im Gesicht sprießt, beschließe ich, nichts weiter dazu zu sagen.

»Komm, lass uns noch mal hinter dem Verschlag draußen gucken. Hier drin ist erst mal nichts.«

Auch hinter den Käfigen entdecken wir nichts, was auf einen versteckten Eingang hindeuten könnte. Im hinteren Teil des Gartens steht ein Brunnen, und genau dort treffen wir auf Sam und Theo, die ihre Runde auch gerade beendet haben.

Es ist zwar nicht so ein hübscher Engelsspringbrunnen, wie er auf dem Schlosshof steht, nein, es ist ein alter gemauerter Steinbrunnen, aus dem man in früheren Zeiten mit einer Handkurbel das Wasser in Eimern nach oben gezogen hat.

»Ach, du heilige Taubenscheiße«, sage ich.

»Das kannst du laut sagen.« Theo leuchtet mit seiner Taschenlampe in den Brunnen hinein, aber der Lichtkegel verläuft ins Nichts.

»Das muss ziemlich tief runtergehen«, stellt Jakob fest. Er bückt sich, tastet nach einem Stein und lässt ihn in das dunkle Loch fallen.

»Wenn jetzt jemand schreit, wissen wir, dass sie da unten im Brunnen sitzen«, sage ich.

Aber es macht einfach nur »Klack«, als das Wurfgeschoss nach einer gefühlten Ewigkeit unten ankommt.

»Es hat sich nicht so angehört, als ob Wasser drin ist. Das Ding ist komplett trocken.« Jakob schmeißt direkt noch ein paar Steinchen hinterher und zählt dabei mit: »Eins, zwei drei …«

Klack.

»Man könnte theoretisch ausrechnen, wie tief der Brunnen ist«, bemerkt Clemens, der inzwischen auch wieder zu uns gestoßen ist. »Das hatten wir mal in Physik. Es hat irgendwas mit der Fallgeschwindigkeit zu tun. Und auch mit dem Schall. Der Stein schlägt auf, und dann dauert es eine Zeit, bis der Ton hier oben ankommt.«

Theo zeigt auf den Eimer. »Das kannst du auch einfacher haben, du setzt dich drauf, wir lassen dich nach unten, und du guckst direkt vor Ort, wie tief es ist. Und wenn du schon mal da bist, kannst du auch gleich Ausschau nach Prince und Hendrik halten.«

»Ja, schon klar! Aber wir könnten auch …«

Während die beiden Jungs über den Brunnen diskutieren, lasse ich meinen Blick über das Grundstück schweifen. Irgendwo müssen die beiden ja sein, aber ich glaube auch nicht, dass sie auf dem Grund des Brunnens festsitzen. Dann hätten sie uns schon gehört und sich bemerkbar gemacht.

Da war was! Jakob und ich bemerken es zur gleichen Zeit. Er packt meine Hand und drückt vor Aufregung fest zu. »Hast du das auch gesehen?«

»Ja …« Ich ziehe schnell meine Flosse aus Jakobs Hand. Händchen halten kann er mit Emilia.

»Was denn, wo?«, fragt Theo.

Jakob zeigt aufgeregt in Richtung Kapelle. »Dort drüben, da blinkt es!«

Tatsächlich leuchtet in unregelmäßigen Abständen ein heller Lichtpunkt auf.

»Eine Taschenlampe«, stellt Theo fest. »Sieht so aus, als wär da noch jemand unterwegs. Was meint ihr, ob das Hendrik und Prince sind? Vielleicht sind sie ja in der Kapelle rausgekommen.«

»Hm …«, macht Clemens. Er beobachtet mit zusammengekniffenen Augen die Leuchtpunkte. »Kurz, kurz, kurz, lang, lang, lang, kurz, kurz, kurz. Das gibt es doch nicht! Das sind Morsezeichen. Da blinkt jemand S. O. S.«

Ohne weiter darüber nachzudenken, rennen wir los. Wir nehmen den direkten Weg und klettern über den Gartenzaun, damit wir keine Zeit verlieren. Dann sprinten wir rüber zur Kapelle.

Ich muss daran denken, dass wir genau an diesem Ort auch schon mal auf Hilfe gewartet haben, und zwar die gesamte Klasse, inklusive Lehrerin! Am ersten Tag wurden wir dort unten von zwei gewissen Idioten in der Folterkammer eingesperrt und dann mussten wir durch den langen Gang bis hierher in die Kapelle latschen. Schließlich hat Herr Naunheim uns dort befreit.

»Ist ja ein Ding«, sage ich, als ich durch eines der beiden kleinen vergitterten Fenster nach unten schaue und in ein Paar dunkle Augen blicke.

Prince sieht total erleichtert aus. »Paulina!« Dann sieht er die anderen hinter mir. »Gut, dass ihr da seid, Jungs. Ich wusste doch, dass man sich auf euch verlassen kann. Schnell, holt uns hier raus!«

Und wenn wir es nicht machen? Da unten ist es nicht gefährlich und eine Nacht im Keller würde den beiden bestimmt guttun. Dann hätten sie genügend Zeit, um sich auszuruhen und über all ihre blöden Aktionen nachzudenken.

Jeder bekommt irgendwann, was er verdient. Den Spruch habe ich von meiner Oma. Ich muss ihr unbedingt erzählen, dass sie recht hat.

»Lasst uns wieder zurückgehen«, sage ich zu unseren Jungs, die ganz verdutzt dreinschauen. Sie überlegen wohl gerade, ob ich das ernst meine. »Die beiden haben es da unten ganz sicher sehr gemütlich.«

»Paulina, komm schon, bitte!« Prince kommt mit seinem Gesicht ganz nah an das Gitterfenster heran. »Jetzt sei doch nicht so …«

Hendrik mit seinem verstaubten braunen Strubbelkopf sieht im Dämmerlicht geradezu erbärmlich aus.

Ich gebe zu, eine gewisse Schadenfreude zu verspüren. Es gefällt mir, die beiden Deppen da unten im Keller eingesperrt zu wissen. Sie ein bisschen auf die Folter zu spannen, wird ihnen schließlich nicht schaden.

Aber Oma hat noch einen anderen Spruch, den sie immer mal wieder zum Besten gibt, nämlich dass man nicht Gleiches mit Gleichem vergelten soll. In der Beziehung tickt sie wie Shanti, die ja auch immer schlaue Sprüche auf Lager hat. Meine Freundin ist Pazifistin, was bedeutet, dass sie jegliche Gewalt ablehnt. Deswegen hat sie sich ja vorhin auch so gefreut, als ich ihr meinen großen grauen Pulli mit dem Peacezeichen geliehen habe.

»Na gut, wir sind ja keine Unmenschen«, sage ich großmütig und trete zurück, sodass sich Clemens, Theo und Sam an der Kellertür zu schaffen machen.

»Ich dachte schon, du wolltest die beiden echt da unten schmoren lassen«, sagt Jakob.

»Verdient hätten sie es zwar, aber wir wollen mal nicht so sein.«

Oma wäre stolz auf mich, denke ich zufrieden.

Clemens fischt in seinem Rucksack nach seinem selbst gebauten Eisenschlüssel, mit dem man mit etwas

Gefühl sämtliche Schlösser aufbekommen kann. Und es dauert nicht lange, bis die beiden Abtrünnigen befreit sind und mit uns die Kellertreppe hoch in die Kapelle steigen.

»Mensch, wir haben uns echt Sorgen um euch gemacht«, sagt Theo.

Und dann geht alles total schnell, sodass Prince und Hendrik sich nicht mal erklären können.

Durch das Fenster sehen wir, wie sich ein Lichtkegel der Kapelle nähert. Wir ducken uns eng aneinander hinter den breiten Steinaltar und schon geht die Eingangstür auf und das dämmrige Deckenlicht wird angeknipst.

Hereinspaziert kommt Herr Naunheim, Emilia und Graziella im Schlepptau. Aber auch Larissa, Miu und ihre italienischen Freundinnen sind mit dabei.

Was wollen die denn alle hier?

»Bitte schön, die Damen ...« Herr Naunheim macht eine einladende Geste und bleibt an der Tür stehen. »Aber nur fünf Minuten.«

Die Mädchen lassen sich in der ersten Reihe nieder. Die Italienerinnen knien sich geschlossen hin und falten die Hände zum Gebet. Ich linse am Altar vorbei, sodass ich es genau sehen kann. Die beten tatsächlich!

Als Herr Naunheim verschwunden ist und sich der Lichtkegel seiner Taschenlampe wieder ein paar Meter von der Kapelle entfernt, strecke ich meinen Kopf hervor.

»*Dio mio!*«, ruft Maura und Valentina: »*Mamma mia!*«

Schnell halte ich meinen Finger vor die Lippen, damit sie nicht zu laut werden.

Da haben mich auch die anderen Mädchen bemerkt.

»Was machst du denn hier?« Larissa reißt die Augen auf. Das Gleiche wollte ich sie auch gerade fragen.

Da tauchen die Jungs einer nach dem anderen wie die Orgelpfeifen hinter dem Altar auf.

»Ihr habt Honk und Prinz Vollhorst gefunden«, flüstert Emilia, gerade laut genug, dass es jeder hören kann.

Ich nicke und verkneife mir ein Grinsen. Die Einzelheiten können wir später noch klären.

»Was macht ihr hier?«, fragt Theo.

»Der Fährmann hat uns entdeckt, als wir euch gesucht haben. Ihr wart plötzlich verschwunden«, erklärt Graziella.

Mist, wir hätten den beiden sagen müssen, dass wir zur Kapelle gehen, aber das haben wir in der Aufregung total vergessen.

»Und da hat Emilia zu ihm gesagt, dass sie sehr unglücklich ist und deswegen hier in der kleinen Kirche beten will.« Graziella grinst uns an.

»Unfassbar!«, sagt Jakob anerkennend. »Emilia muss echt gut schauspielern können, wenn er ihr das geglaubt hat.«

»Miu und ich haben euch auch gesucht«, sagt Larissa. »Es war plötzlich so ruhig nebenan, und als ihr auf unsere Klopfzeichen nicht reagiert habt, wussten wir, dass

ihr irgendwo draußen unterwegs seid. Und da hat uns Herr Naunheim aufgegabelt.«

»Der übrigens gerade wieder zurückkommt«, sagt eine tiefe Stimme ganz nah an meinem Ohr.

Es ist Prince. Ich spüre seinen Atem an meinem Nacken und bekomme schon wieder Gänsepelle.

Wir tauchen alle gleichzeitig wieder hinter dem Altar ab. Prince rutscht noch ein bisschen näher an mich ran, viel zu nah für meinen Geschmack. Aber das ist erst einmal unwichtig, rede ich mir ein. Jetzt heißt es, nicht erwischt zu werden.

»Wollen wir dann wieder?«, ertönt Herrn Naunheims Stimme. »Ich bringe euch zurück auf eure Zimmer, es ist spät genug.«

Fast Mitternacht, also sozusagen Geisterstunde.

Die Tür fällt hinter ihnen zu und es wird wieder dunkel in der Kapelle. Als wir dann noch ein lautes Klacken hören, wissen wir alle, was das bedeutet. Der Naunheim hat den Riegel vor die schwere Holztür geschoben. Durch die bunten Glasfenster können wir nicht nach draußen klettern, die haben gar keinen Griff und man kann sie nicht öffnen.

»Mist!«, sagt Hendrik.

»So eine gequirlte Scheiße«, schimpft Theo.

Unschlüssig stehen wir hinter dem Altar herum.

»Und was machen wir jetzt?«, frage ich. »Ich hab absolut keine Lust, den Rest der Nacht auf einer harten Holzbank zu verbringen.«

Aber da macht es plötzlich noch einmal »Klack«.

Wir sind viel zu überrascht, um uns zu verstecken, und stehen einfach nur da, als die Kapellentür langsam wieder aufgedrückt wird.

Und zwar von Shanti, gefolgt von Lennart.

»Was für ein Chaos!« Sie schüttelt den Kopf und ihre blonden Zöpfe wirbeln herum.

Lebenslanger Anspruch auf Wiedergutmachung

Ich falle meiner Freundin um den Hals. »Sag mal, war das etwa Intuition?«

»Nicht ganz. Clemens hat uns geschrieben und da sind wir natürlich sofort hergekommen.«

Ich werfe ihm einen Blick zu. Das hab ich vorhin gar nicht mitbekommen, dass er in Hockstellung still und heimlich eine Nachricht abgeschickt hat.

»Meiner Meinung nach ahnt der Naunheim was«, sagt Lennart. »Bei dem Betrieb, der heut Nacht hier herrscht, wär das kein Wunder. Wir sollten schleunigst zusehen, dass wir zurück nach Europa kommen. Und dann so tun, als wären wir gerade erst von unserer Suche zurückgekommen.«

»Okay, dann mal los!«

Wir haben jetzt wirklich lange genug hier rumgestanden. Ich weiß, dass Herr Naunheim einen strammen Schritt hat, und mir ist es lieber, wenn Emilia und

Graziella nicht so lange auf uns warten müssen. Ich hab sowieso ein schlechtes Gewissen, weil wir die beiden allein gelassen haben.

Da legt Jakob seine Hand auf meine Schulter. »Warte mal.« Dann wendet er sich an Prince und Hendrik. »Nichts gegen euch, Jungs, aber ich denke, es wäre besser, wenn wir nicht zusammen gesehen werden.«

Prince wuschelt sich durch das Haar. Es ist ihm sichtlich peinlich, aber Jakob hat absolut recht.

»Na gut, also dann ...«, murmelt er. »Und danke noch mal, echt, das war wirklich 'ne starke Aktion. Ihr habt absolut was gut bei mir, bei uns, stimmt's, Hendrik?«

Mir liegt auf der Zunge zu sagen, dass ich auf eine Wiedergutmachung gerne verzichte, weil wahrscheinlich eh nur Mist dabei rauskommt. Außerdem habe ich etwas in der Art von Prince schon einmal gehört. Wenn er so weitermacht, habe ich irgendwann lebenslangen Anspruch auf Wiedergutmachung, mindestens!

»Wir revanchieren uns auf jeden Fall.« Hendrik nickt. »Ihr seid echt ein tolles Team, danke!«

Wow, jetzt hat der von Achternbusch auch endlich mal was von sich gegeben. Das mit dem Revanchieren kann er sich stecken, aber mit einer Sache hat er recht: Wir sind ein tolles Team, genau genommen das beste, das es auf Internat Schloss Bernstein wohl je gegeben hat.

Da Lennart humpelt und es nach wie vor stockdunkel ist, kommen wir nicht ganz so schnell voran, wie wir gehofft haben. Er hat zwar vorgeschlagen, dass wir schon mal vorrennen, aber wir haben abgelehnt. Wir sind ein Team, wie Hendrik so treffend formuliert hat.

Mich interessiert brennend, ob Shanti eine aufregende Zeit mit Lennart verbracht hat. Und ich würde ihr total gerne von Emilia und Jakob alias Justin Bieber erzählen. Aber der hat sich mit Clemens zu uns Mädchen gesellt, da sind mir die Hände gebunden. Sam und Theo haben Lennart in ihre Mitte genommen. Ich bin mir sicher, dass er eigentlich keine Stütze braucht, aber die Jungs lassen es sich nicht nehmen, ihrem Kumpel zu helfen.

Es ist Viertel nach zwölf, als wir endlich in Europa ankommen. Unser Zimmer ist hell erleuchtet, genau wie das von Larissa und Miu. Von Herrn Naunheim ist weit und breit nichts zu sehen. Noch mal Glück gehabt, denke ich, vielleicht ist ihm gar nicht aufgefallen, dass wir nicht da waren.

Aber dem ist natürlich nicht so. Der Fährmann steht wie aus dem Nichts plötzlich vor dem Haus, die Arme vor der Brust gekreuzt, und beobachtet in Seelenruhe unsere Ankunft. Ich würde zu gerne wissen, wie er es immer wieder schafft, erst unsichtbar zu sein, um dann im richtigen Moment zur Überraschung aller aufzutauchen. Das ist geradezu unheimlich.

»Wo kommt der denn auf einmal her?«, flüstert Shanti. »Der muss einen Tarnmantel haben oder so was in der Art.«

»Soso, da seid ihr ja endlich, und alle schön vereint.«

Er hört sich dabei ganz freundlich an. Zu freundlich für meinen Geschmack. Das Donnerwetter folgt bestimmt. »Hattet ihr einen netten Abendspaziergang?«

»Also, wir haben mitbekommen, dass die italienischen Mädchen …«, setzt Theo an, aber Herr Naunheim schneidet ihm das Wort ab.

»An Ihrer Stelle würde ich jetzt lieber nichts sagen, Herr Emstätten.«

Oje, er siezt ihn, das hört sich gar nicht gut an. Normalerweise waren wir beim freundschaftlichen Du gewesen. Und zu allem Übel fixiert er ausgerechnet mich mit seinen eisblauen Augen. Ich überlege krampfhaft, wie wir aus der Nummer rauskommen und was ich sagen kann. Mir fällt nichts Besseres ein als ein simples »Es tut uns leid«.

»Ah, Frau Pempelfurt versucht es mit einer defensiven Taktik. Die hilft Ihnen aber auch nicht weiter.«

Es ist schlimmer als befürchtet. Der ist wirklich sauer auf uns! Wir stehen alle da wie begossene Pudel und schweigen.

Und zu allem Überfluss kommt jetzt auch noch unsere Klassenlehrerin Frau Sauerbrei in voller Schlafmontur, Hausschuhen und Morgenmantel um die Ecke marschiert. Sie stellt sich vor uns hin und setzt zu ihrer Rede an.

»Was heute Abend wirklich passiert ist, werden wir wahrscheinlich nie erfahren. Und ich bin mir auch gar nicht sicher, ob ich es überhaupt wissen will. Entweder die Geschichte der italienischen Mädchen stimmt und sie wollten wirklich um diese Uhrzeit in der Kapelle beten und ihr habt sie gesucht. Oder aber ihr habt sie in eure Geschichte mit reingezogen und sie decken euch.« Frau Sauerbrei seufzt. »Wie auch immer, die Mädchen sind unsere Gäste. Egal, welche der beiden Versionen stimmt, ihr haltet zusammen, was ich als absolut positiv werten muss.«

Shanti atmet erleichtert auf, aber ich kenne doch die Sauerbrei, da kommt noch was. Prompt kreuzt sie ihre Arme vor der Brust, genau wie Herr Naunheim vorhin.

»Und trotzdem ist es unverantwortlich, um diese Uhrzeit allein über die Insel zu laufen. Ihr versprecht mir jetzt auf der Stelle, dass ihr das nächste Mal Hilfe bei einer Lehrperson oder bei Herrn Naunheim sucht, wenn es ein Problem gibt.«

Wir nicken. Was anderes hätte jetzt auch keinen Sinn.

»Und die Strafe für euch darf Herr Naunheim aussuchen. Dem fällt bestimmt was Schönes ein.«

Oje, das wird was werden! Wahrscheinlich müssen wir wieder Handwerken. Aber es hätte schlimmer ausgehen können. Ich schiele zu dem Fährmann hinüber. Er ist wirklich nett und hat uns schon oft geholfen. Auf einmal habe ich ein schlechtes Gewissen. Dass wir nach Prince und Hendrik gesucht haben, ist eine Sache, dass wir in seinem Garten herumgestromert sind, eine ganz andere. Gut, dass niemand auf die Idee gekommen ist, in sein Haus einzudringen.

»Und jetzt seht zu, dass ihr schleunigst in eure Betten kommt. Ich möchte morgen keine müden Gesichter in meinem Unterricht sehen.«

Wir nicken wieder, da räuspert sich Shanti plötzlich. »Lennart ist auf dem Weg umgeknickt. Er humpelt ein bisschen. Vielleicht sollte da mal jemand nachgucken.«

»Lennart?« Frau Sauerbrei sieht ihn durchdringend an. »Warum hast du das denn nicht gleich gesagt? Dann komm mal mit auf die Krankenstation.«

»Äh, also mit meinem Fuß stimmt auch irgendwas nicht«, flunkert Theo. »Ich kann ganz schlecht auftreten. Vielleicht sollte ich auch mitkommen?«

Theo mal wieder. Der nervt zwar manchmal ganz gewaltig, aber er ist auch ein guter Freund, wenn's drauf ankommt.

»Na gut, dann kommt mal mit.« Frau Sauerbrei lächelt gutmütig. Sie weiß ganz genau, dass Theo nur zu der kleinen Notlüge gegriffen hat, weil er seinen Kumpel Lennart nicht allein lassen will. »Und der Rest verkrümelt sich ganz schnell, jetzt sofort!«

Wir sind schon auf dem Weg, da läuft Jakob noch mal hinter uns her.

»Schöne Grüße an Emilia und Graziella, wenn sie noch nicht schlafen«, sagt er.

Shanti schaut ihm irritiert hinterher. »Hä? Was ist denn mit dem los?«

»Kleine Anekdote, erzähl ich dir später.«

Diesmal klettern wir nicht durch das Fenster. Wir nehmen ganz offiziell die Tür. Und wir müssen noch nicht mal anklopfen, denn unsere Haussitterinnen erwarten uns schon.

»War's schlimm?«, will Nina wissen. »Habt ihr Ärger bekommen?«

Wir schütteln den Kopf.

Lizzy grinst. »Ihr müsst uns unbedingt morgen erzählen, was ihr um diese Uhrzeit noch da draußen gemacht habt – in Begleitung der Jungs.«

»Haha ...« Shanti wird tatsächlich rot.

Die beiden älteren Mädchen bemerken es und grinsen noch breiter.

»Träumt was Schönes«, sagt Lizzy. »Und jetzt schnell ab ins Bett.«

Und als wir durch den Flur zu unserem Zimmer gehen, kann ich oben in der ersten Etage Fleur und Xenia am Treppengeländer sehen, wohl in der Hoffnung, dass man sie von unten nicht entdeckt. Wie doof sind die denn wieder mal? Und auch Adriana und Chiara stecken neugierig ihre Nasen über die Balustrade. Sie haben mitbekommen, dass hier unten was los war. Und jetzt platzen sie vor Neugierde.

»Dumme Zimtzicken«, brummelt Shanti. »Dass die

noch nicht schlafen!« Sie blickt nach oben. »Sucht ihr was? Vielleicht euer Gehirn?«

In Sachen Pazifismus macht Shanti bei Fleur und Xenia eine Ausnahme. Das heißt nicht, dass sie den beiden richtig böse Dinge an den Hals wünscht. Sie sollen sich natürlich nicht verletzen oder so. Ich sehe die Sache ganz ähnlich. Ein paar dicke Pickel oder fiese Warzen mitten auf der Nase wären zum Beispiel nicht schlecht. Und damit würde ich ja auch nicht Gleiches mit Gleichem vergelten. Ich hab schließlich auch keine Hautunreinheiten.

Fleur blafft irgendwas zurück, das wir nicht verstehen, weil wir einfach weitergegangen sind. Sollen sie doch ein Weilchen nach ihrem Verstand suchen. Sie werden eh keinen finden.

Emilia und Graziella sind noch wach. Sie liegen in ihren Gästebetten und strahlen uns bis über beide Backen an, als wir ins Zimmer kommen.

»Da seid ihr ja endlich«, nuschelt Graziella und setzt sich auf. Sie hat also wieder ihre Zahnschiene eingelegt. Und auf Emilias Kopf sitzt ihre supertolle Schlafhaube. Alles wie vorher. Wenn man die beiden so sieht, kann man kaum glauben, dass sie eben mitten in der Nacht mit uns auf Rettungsmission unterwegs waren.

»Geht es Prinz Vollhorst gut?«, fragt Emilia

Ich nicke ihr zu.

Shanti, die von der kleinen Namensverwechslung bisher nichts mitbekommen hat, wundert sich gar nicht, dass Emilia ihn so nennt. Doch als ich »Ach, ich soll euch beiden schöne Grüße von *Justin* bestellen« antworte, reagiert sie sofort.

»Von *wem?*«, fragt sie völlig entgeistert.

»Von Jakob!« Graziella kichert. »Er sieht aus wie Justin Bieber, voll süß! Findest du nicht? Emilia hat eine Menge Schmetterlinge im Bauch wegen ihm. Sie kann heute Nacht bestimmt nicht schlafen.«

»Das ist eindeutig zu viel für mich!« Shanti lässt sich seufzend auf ihr Bett fallen. »Paulina, sag mir bitte, dass das nicht wahr ist.«

»Das musst du Emilia fragen, nicht mich!«

Shanti dreht sich auf den Bauch und stützt ihren Kopf auf den Händen ab. »Und, Emilia, was hast du zu deiner Verteidigung zu sagen?«

Emilia wird knallrot. Das sieht entzückend aus und bildet einen hübschen Kontrast zu der pastelligen Schlafhaube auf ihrem Kopf.

»Er ist wirklich nett«, haucht sie schließlich.

»Das stimmt, da hast du absolut recht«, stimmt Shanti zu. Doch dann schüttelt sie den Kopf, so als könnte sie es immer noch nicht fassen. »Ausgerechnet Jakob, wer hätte das gedacht!«

»Wie war es denn mit Lennart?« Wenn wir hier schon

dabei sind, über Jungs zu reden, dann kann Shanti ja auch mal über ihr Picknick im Wald berichten.

Gerade als sie zu einer Antwort ansetzen will, kommt vom Zimmer nebenan ein leises doppeltes Klopfzeichen bei uns an. Es ist das Zeichen dafür, dass wir ans Fenster kommen sollen.

Ich stehe auf, öffne es – und staune nicht schlecht.

Shanti steht schon hinter mir. »Mist!«

In einiger Entfernung sitzt Herr Naunheim gemütlich mit gekreuzten Beinen auf einem Stuhl.

Als er uns sieht, nickt er uns lächelnd zu.

Das ist ja nicht zu fassen: Der hält da draußen tatsächlich Wache.

Peace and Love

»Ommmmmmmmmmmmmm …«

»Paulina, bist du wach? Emilia stupst mich an. »Was macht Shanti da?«

»Ommmmmmmmmmmmmm …«

»Boah, ne! Shanti!« Ich ziehe mir das Kissen über den Kopf. Ich weiß ganz genau, was Shanti da macht. Es ist nicht zu überhören. Meine Freundin sitzt mit geschlossenen Augen im Schneidersitz auf ihrem Bett – und brummt.

»Was heißt das? Geht es ihr schlecht?«, fragt Emilia.

»Shanti singt ein Om, um Körper, Seele und Geist in Harmonie zu bringen«, erkläre ich unter dem Kissen hervor.

»Ah, wie ein Mönch«, flüstert Emilia. »Dann müssen wir leise sein.«

Gute Idee! »Genau, ganz leise!«

An das morgendliche Wachbrummen habe ich mich

mittlerweile gewöhnt. Und auch daran, dass Shanti aufwacht und immer direkt gute Laune hat. Aber ich bin nun mal ein Morgenmuffel und brauche eine Weile, bis ich ansprechbar bin. Ganz besonders nach einer Nacht wie dieser. Wir sind total spät eingeschlafen. Immer wieder hat eins von den Mädchen angefangen, rumzugibbeln oder irgendwas zu erzählen. Es war mindestens schon halb drei, bis endlich alle still waren. Und dann fand ich immer noch keinen Schlaf, weil Shanti wieder ihre Pferdegeräusche von sich gegeben hat und Emilia in das Tierkonzert mit lieblichem Fiepen eingestimmt hat. Nur von Graziella hat man nix gehört. Die hat sofort ruhig geschlafen wie ein Stein. Und auch jetzt lässt sie sich nicht stören, was ich total beneidenswert finde.

Als die drei schon friedlich geschlummert haben, konnte ich es natürlich nicht lassen und hab noch mal heimlich das Rollo ein Stückchen hochgezogen, weil ich kontrollieren wollte, ob Herr Naunheim immer noch Wache vor unserem Fenster schiebt. Doch er war weg und auf dem Stuhl saß an seiner Stelle – eine kleine schwarze Katze. Ich hab sie deutlich im Mondlicht gesehen. Sie hat mich mit ihren funkelnden Augen angestarrt, bis ich das Rollo schnell wieder heruntergelassen habe.

Und dann hab ich mir in meiner Müdigkeit eingebildet, dass *er* die Katze ist. Von wegen Tarnkappe und unsichtbar werden, der Naunheim kann sich womöglich in Tiere verwandeln! Immerhin habe ich das Tier vorher noch nie hier gesehen. Es soll ja auch Menschen geben, die sich bei Vollmond in Wölfe verwandeln. Werwölfe nennt man die. Warum sollte es dann nicht auch Werkatzen geben? Durch einen Spalt habe ich dann noch mal rausgespäht, aber weit und breit war nichts und niemand mehr zu sehen gewesen.

Manchmal erfinde ich ja auch Geschichten komplett im Schlaf. Die sind teilweise so verrückt, dass ich sie niemandem, außer vielleicht Kira und Shanti, erzählen würde.

Normalerweise liegt ja mein Schreibheft unter meinem Bett, damit ich gleich danach greifen und aufschreiben kann, wenn nachts wieder etwas Außergewöhnliches in meinem Kopf passiert. Schließlich will ich ja mal Schriftstellerin werden. Und im Schreiblabor haben wir die Aufgabe bekommen, unsere Träume aufzuschreiben. Aber gestern Nacht ging das nicht, weil gleich neben meinem Bett das Gästebett steht und ich nicht an das Heft rangekommen bin.

Und jetzt bin ich zu schwach dafür, außerdem bin ich so müde, dass mir der Stift aus der Hand fallen würde …

»Paulina!«

»Weg, weg mit dir!« Ich schlage mit der Hand nach der schwarzen Katze, die gerade frech über mich hinwegspaziert ist.

»Paulina, wach auf, du

musst aufstehen, sonst kommst du noch zu spät! Und das gibt Ärger mit deiner Lehrerin!«

Die Stimme dringt dumpf zu mir durch und mein Gehirn wird langsam wach. Das ist keine Katze. Es ist Emilia, die mich gerade rumschubst, um mich aufzuwecken.

»Los, komm schon! *Avanti!*«

»Ist ja gut … « Ich öffne meine Augen ein paar Millimeter. Emilia trägt wieder das weiße Stirnband. Und angezogen ist sie auch schon, wie ich feststelle, als ich mich aufsetze und meine Gliedmaßen strecke. Auch Shanti kommt schon in voller Montur aus dem Bad getänzelt. Mann, hat die wieder gute Laune! Nur Graziella scheint es ähnlich zu gehen wie mir. Sie rauft sich die Haare und sieht ganz verschlafen aus.

»Jetzt müsst ihr euch ranhalten«, flötet Shanti. »Ihr habt noch zehn Minuten. Dann müssen wir los, sonst bekommen wir kein Frühstück mehr.«

Es gibt nur eine Sache, die noch schlimmer ist, als morgens nicht ausgeschlafen zu sein. Und das ist, mit knurrendem Magen im Unterricht zu sitzen.

»Ich zuerst«, sage ich zu Graziella und springe aus dem Bett. »Ich beeil mich.«

Sie ist mir sehr sympathisch, weil sie immer noch nicht spricht und sich einfach wieder in ihre Bettdecke eingerollt hat.

Im Bad blicken mich zwei müde Augen im Spiegel an, die einfach nicht richtig aufwachen wollen. Ich lasse kaltes Wasser in das Waschbecken laufen, tunke den Waschlappen hinein und drücke ihn mir aufs Gesicht. Das wirkt zum Glück ein bisschen. Ich wiederhole das Ganze und putze mir dann schnell die Zähne. Das war's für heute Morgen. Mehr Zeit für Körperpflege habe ich nicht.

Emilia zieht Graziella gerade die Bettdecke weg, als ich aus dem Bad komme. Dabei fällt mir ein, dass wir ja heute Morgen eigentlich was vorhatten.

Ein Blick auf meine Austauschschülerin zeigt mir, dass sie den dunkelblauen Faltenrock mit ihrer rosa Rüschenbluse trägt. Wenn die so im Frühstücksraum auftaucht, zieht sie garantiert alle Blicke auf sich. Ich kenn doch die Lästerbacken, die werden kein gutes Haar an ihr lassen.

»Wollten wir heute nicht Klamotten tauschen?«, frage ich Graziella. Deren Kleidergeschmack scheint mir etwas unauffälliger zu sein.

Doch die schnappt sich nur ihre Klamotten, die sie gestern Nacht einfach auf den Boden hat fallen lassen.

»Keine Zeit«, sagt sie und torkelt an mir vorbei ins Badezimmer.

Shanti klopft auf ihre Armbanduhr. »Graziella hat recht. Das können wir auch später noch machen. Jetzt müssen wir echt gleich los.«

»Du darfst dir gerne was von meinen Sachen aussuchen, wenn du magst, Paulina«, bietet Emilia großzügig an.

»Ach, lass mal, wenn, dann tauschen wir alle.«

Ich schlüpfe schnell in meine Jeans und einen Pulli, bevor sie noch weiter darauf besteht.

Shanti klopft an die Badezimmertür. »Graziella, wir müssen los.« Sie wartet ein paar Sekunden, dann klopft sie noch einmal, erhält aber keine Antwort. Unter der Dusche steht sie nicht, sonst könnte man das Wasser rauschen hören.

»Graziella?« Langsam öffnet Shanti die Tür.

Ich schaue ihr über die Schulter.

Graziella sitzt auf dem Klo. Allerdings auf geschlossenem Deckel und komplett angezogen. Ihre Ellbogen hat sie auf den Knien abgestützt, in den Händen liegt ihr Kopf. Und ihre Augen sind geschlossen. Sie ist tatsächlich wieder eingeschlafen!

Sanft, aber bestimmt lege ich meine Hand auf ihre Schulter und rüttle sie, um sie zu wecken.

Graziella schlägt die Augen auf.

»Komm schon, wir gehen frühstücken.«

Der Frühstücksraum ist brechend voll. Und ich hatte recht, alle starren uns an, als wir den Gang entlang auf unseren Tisch zugehen. Wir sind aber auch eine schräge Truppe heute Morgen, das muss ich ehrlich zugeben.

Da ist Emilia in ihrem Oma-Look, daneben Shanti, die es heute ganz besonders bunt zu lieben scheint. Über ihren dunkelgrünen Leggins mit großen farbigen Punkten trägt sie einen kurzen lilafarbenen Wickelrock. Au-

Peace & Love

ßerdem hat sie wieder eines ihrer berüchtigten selbst beschriebenen Shirts angezogen. Es ist zitronengelb und Shanti hat mit großen blauen Buchstaben *Peace and Love* darauf geschrieben.

Vorhin hat Graziella ja zu den erstbesten Klamotten gegriffen, die sie erwischen konnte. Sie ist also ganz in Schwarz gekleidet, von den Gras- und Erdspuren auf der Hose mal ganz abgesehen. Ihr kurzer Pony steht in alle Richtungen von ihrer Stirn ab. Bestimmt hat sie nicht mal in den Spiegel geschaut. Spricht ja für sie, dass sie nicht besonders eitel zu sein scheint.

Und ich? Jeans und Pulli, alles ganz normal so weit, aber warum schauen alle so komisch auf meine Füße? Weil ich Puschen anhabe anstatt meiner üblichen Sneaker! Ich bin mit den pinken Plüschhausschuhen, die Oma mir mal geschenkt hat, unterwegs, und habe es nicht mal gemerkt.

Wie peinlich ist das denn?

»Ihr seht ja gut aus!« Theo grinst uns frech an, als wir uns zu den anderen an den Tisch setzen.

»War ’ne harte Nacht«, sage ich. »Spar dir bloß deine Kommentare.«

Theo weiß zum Glück, wann er die Klappe halten muss. Er beißt in sein belegtes Brötchen, aber ich kann ganz genau sehen, dass er immer noch grinst.

Emilia und Graziella sehen sich interessiert um.

Und als wir uns was aufs Tablett holen wollen, tauchen plötzlich Adriana und Chiara bei uns am Tisch auf. Und dahinter ein paar andere italienische Mädchen.

»Was ist?« Shanti stemmt die Hände in die Hüften.

»Sie …« Adriana zeigt auf Emilia. »Sie ist böse.« Und ihr Gefolge nickt einstimmig.

Was? Ich dachte, das mit dem Zauberblick hätten wir geklärt. »Ihr spinnt ja«, sage ich und mache eine eindeutige Handbewegung.

Adriana hält den Finger immer noch auf Emilia gerichtet. »Sie ist hässlich und neidisch. Und sie weiß das mit meiner Allergie. Deswegen hat sie mir auch vor der Abreise Katzenhaare in den Koffer getan. In ihrer billigen Wohngegend am Hafen streunen viele Katzen herum. Das war nicht schwer für sie.«

Zur Bestätigung hält Chiara einen kleinen Plastikbeutel in die Höhe, in dem sich ein paar feine dunkle Haare befinden.

»Du kannst uns nicht täuschen mit deiner schönen Stimme«, sagt eines der Mädchen. »Du bist gemein!«

»Genau, und deswegen wollen wir mit dir nichts mehr zu tun haben.« Chiara legt zur Unterstreichung ihrer Worte den kleinen Beutel auf den Tisch. Dann dampfen sie alle gemeinsam ab.

Emilia starrt darauf, dann laufen ihr die Tränen über das Gesicht. Graziella nimmt sie in den Arm und versucht, sie zu trösten.

Unter Schluchzern sagt sie: »Ich geh nie wieder zur Schule … die Mädchen … sie hassen mich.«

»Quatsch, lass dich bloß nicht von denen fertigmachen.« Shanti streichelt Emilia über den Kopf. »Das wollen die doch nur.«

Graziella seufzt. »Ich habe geahnt, dass etwas Schlimmes passiert. Gestern Nacht habe ich eine Katze gehört. Das ist ein schlechtes Omen.«

»Ihr und euer Aberglaube.« Shanti schüttelt den Kopf. »Hier auf der Insel gibt es keine Katzen, also kannst du auch keine gehört haben.«

»Ich habe aber gestern Nacht auch eine gesehen«, sage ich. »Ich dachte zwar, dass ich das nur geträumt habe, aber so wie es aussieht …«

»Wenn das so ist, dann weiß ich auch, wie das alles passiert sein kann!« Shanti sieht aufgeregt von einer zur anderen. »Als ihr angekommen seid, stand unser Fenster offen. Es war ja recht warm. Und auf dem Bett lag Adrianas Koffer. Und zwar offen. Vielleicht hat die Katze es sich darin gemütlich gemacht, als wir nicht im Zimmer waren?«

»Das ist es! Genauso könnte es gewesen sein. Wir müssen sie suchen und eine Haarprobe

nehmen«, sage ich. »Und ich weiß auch schon, wer uns dabei helfen kann.«

Ich springe auf, flitze durch den Frühstücksraum nach draußen. Ist mir egal, dass mich alle anstarren, als wäre ich total durchgeknallt. Wenn ich Herrn Naunheim erzähle, dass es eine Katze auf der Insel gibt, schlägt er bestimmt Großalarm. Die fressen nämlich nicht nur gerne Mäuse, die verspeisen auch mit Vorliebe Vögel. Und der Taubenverschlag steht tagsüber immer offen. Dann kann ich auch gleich nach dem Rechten sehen.

Weil ich mich auf dem Dorfplatz fast langlege, ziehe ich kurz entschlossen meine Puschen aus, nehme sie in die Hand und renne in Socken weiter. Ich sprinte über den Schulhof, zum Seitentor raus, an der Kapelle vorbei und dann direkt in Herrn Naunheims Garten. Es ist kurz vor acht, also ist er ganz sicher noch mit dem Fährdienst beschäftigt. Das letzte Mal legt er drüben um Viertel vor ab, um Nachzügler auf die Insel zu bringen.

Wusste ich's doch! Ich hatte mich nicht getäuscht. Die schwarze Katze sitzt oben auf dem Taubenschlag. Hoffentlich war sie noch nicht auf Beutezug.

»He!«, brülle ich und fuchtle mit den Armen herum. »Verzieh dich gefälligst, du blödes Vieh!« Dann laufe ich zu den Käfigen und werfe in jeden einzelnen einen Blick.

Zum Glück sind alle Tauben wohlauf, aber zwei Käfige sind leer. Anscheinend sind die gerade ausgeflogen. Manchmal setzt Herr Naunheim einige der Tauben irgendwo unterwegs aus, damit sie zur Übung den Weg zurück in den Taubenschlag suchen müssen. Und da ich nirgends Federn oder andere Kampfspuren entdecken kann, sieht es nicht danach aus, als hätte die Katze sie zum Frühstück verspeist.

Ich rase wieder nach draußen. Das Biest sitzt noch immer obendrauf und beobachtet mich. Wenigstens putzt sie sich nicht, denn das wäre auch ein Zeichen dafür, dass sie sich etwas hat schmecken lassen.

»Hau ab!« Wütend pfeffere ich einen meiner Schlappen in ihre Richtung.

Die Katze miaut und ich werfe gleich den zweiten hinterher. Aber anstatt zu verschwinden, denkt das blöde Kätzchen, ich hätte ihm was zum Spielen hochgeworfen, und es steckt seine Schnauze in eins der Plüschteile.

Also greife ich nach einem kleinen Ast, einem wirklich klitzekleinen, weil ich sie ja nur vertreiben und ihr nicht wehtun möchte, ziele ... und treffe.

Da endlich entscheidet sich die schwarze Katze zu verschwinden. Sie springt mit einem Satz nach unten und schleicht durch den Garten in Richtung Brunnen hinauf.

Ich schaue ihr hinterher, da fällt mir auf einmal ein, dass sie wiederkommen könnte. Ich bin ja sooo doof! Ich hätte sie einfangen sollen, anstatt sie zu verscheuchen. Als Beweis dafür, dass Emilia unschuldig ist.

»Hierher, Kätzchen, miez, miez ...« Ich gehe in die Knie und versuche, das Tier wieder zu mir zu locken. Doch ich habe keinen Erfolg. Die Katze dreht sich noch einmal um, würdigt mich aber nur eines kurzen Blickes, bevor sie in Richtung Zaun stolziert und – schwupp – darüber hinweg ins Gebüsch verschwindet.

Das Acht-Uhr-Läuten kündigt den Beginn des Unterrichts an.

»Wen haben wir denn da?«

Die tiefe Stimme erkenne ich sofort. Eine schwere Hand legt sich auf meine Schulter.

Ich drehe mich um und schaue direkt in die eisblauen Augen von Herrn Naunheim. Eine steile Falte bildet sich auf seiner Stirn. »Habt ihr gestern Nacht irgendwas hier vergessen?«

»Nein, also, es ist so ...« Ich erzähle Herrn Naunheim schnell von der Katze. »Bitte, Sie müssen mir glauben. Sie können auch eine der Italienerinnen fragen.«

Herrn Naunheims Blick geht nach unten auf die Erde. Als er meine dreckigen Socken sieht, runzelt er die Stirn. »Komm mal mit.«

Er stellt eine lange Leiter an den Verschlag, steigt nach oben und wirft mir meine Hausschuhe zu. »Zieh die mal lieber wieder an. Nicht dass du noch irgendwo reintrittst.«

»Die Katze war wirklich da, ehrlich.«

Ich weiß gar nicht, was mit mir los ist, dass ich mich auf einmal so weinerlich fühle. Vielleicht liegt es daran, dass ich zu wenig Schlaf hatte. Ich fange tatsächlich an zu flennen, vor Herrn Naunheims Augen.

Mann, wie peinlich ist das denn?

»Na, wer wird denn da weinen?« Er tätschelt meine Schulter. »Ich glaub dir doch. Ich weiß nämlich ganz genau, wann ihr ehrlich seid. Ich seh euch das an der Nasenspitze an.«

»Tatsächlich?« Ich schniefe noch zweimal, dann geht es mir besser.

»Tatsächlich! Und deswegen weiß ich auch ganz genau, dass da gestern noch irgendwas anderes im Busch war, aber darüber reden wir jetzt nicht. Du musst nämlich schleunigst zum Unterricht. Um die Tauben mach dir mal keine Sorgen. Die sind alle sicher in ihren Käfigen. Und auf die beiden Ausflügler werde ich aufpassen, versprochen. Denen passiert nichts, wenn sie zurückkommen.«

»Sollten wir die Katze nicht lieber sofort suchen?«, frage ich. »Die Tauben haben doch bestimmt Angst vor ihr.«

»Ach, irgendwann wird sie schon wieder auftauchen. Dann schnappe ich sie mir.«

»Aber … es ist nämlich so …« Ich erzähle Herrn Naunheim von der Katzenhaar-Verschwörungstheorie.

»Hm …« Herr Naunheim kratzt sich am Kinn. »Habt ihr die erste Stunde bei Frau Sauerbrei?«

Ich nicke und sehe ihn gespannt an.

»Lass mich mal machen. Ich würde sagen, du bleibst hier und passt auf, ob sie zurückkommt. Ich besorge solange einen Suchtrupp.«

»Das würden Sie wirklich tun?«

»Klar, diese blöde Verschwörungstheorie müssen wir doch aus der Welt schaffen.«

»Sie sind der allerbeste Hausmeister und Fährmann der Welt!«, sage ich und meine das absolut ernst. »Was würden wir ohne Sie hier nur machen?«

Stinken meine Füße?

Ich kann sie hören, bevor ich sie sehen kann, so viel Lärm machen sie. Schnell laufe ich zum Gartentor, ohne dabei den Taubenschlag aus den Augen zu lassen.

Die komplette Klasse ist im Anmarsch. Vorneweg gehen Herr Naunheim, Frau Sauerbrei und Signora Tortora, die italienische Lehrerin. Einige der Schüler und Schülerinnen tragen Körbe mit Deckeln oder Kisten. Die italienischen Mädchen sehen ganz betreten aus. Bestimmt haben sie einen ordentlichen Einlauf bekommen. Geschieht denen recht!

»Hört mal alle her«, ruft Herr Naunheim der Klasse zu. »Ihr tut euch jetzt zu viert zusammen, schnappt euch einen Korb oder eine Kiste und dann macht ihr euch auf die Suche. Und trampelt nicht lautstark herum, eine wilde Katze ist ein scheues Wesen. In genau einer Stunde, also um exakt zehn Uhr, treffen wir uns wieder hier. Verstanden?«

»Ja, Chef!«, ruft Theo und sieht sich schon nach den anderen Jungs um.

Und ich halte Ausschau nach Shanti, Graziella und Emilia. Die kommen geradewegs auf mich zu, dicht gefolgt von Jakob und Clemens.

»Gehen wir zusammen?«, fragt Jakob.

»Eigentlich wollte ich mit meinen Zimmerbewohnerinnen …«, setzt Emilia an.

»Ach was«, sagt Shanti. »Das geht schon in Ordnung. Geh du mal mit Emilia, Jakob und Lord Schnullerbacke in einer Gruppe. Graziella und ich, wir schließen uns woanders an.« Dabei drückt sie mir meine Sneaker in die Hand.

Sie ist wirklich ein Schatz! Gut, dass sie daran gedacht hat, mit meinen Puschen wäre ich nicht besonders weit gekommen.

»Du hast ganz schön was verpasst. Die Sauerbrei war voll sauer, als der Naunheim die Geschichte mit den Katzenhaaren erzählt hat. Aber die italienische Lehrerin war noch besser, die war richtig wütend. Sie hat gesagt, dass das Mobbing sei, was die Mädchen da mit Emilia gemacht hätten. Und dass es Konsequenzen haben würde. Und zwar ganz unabhängig davon, ob wir die Katze finden würden oder nicht.«

Ich nicke zufrieden. »Die Katze ist dort hinten über den Zaun. Vielleicht sollten wir da anfangen zu suchen.«

»Gute Idee«, pflichtet Jakob bei und bückt sich nach einem der Körbe.

Genau im gleichen Moment wie Emilia. Rumms! Die beiden stoßen mit ihren Köpfen zusammen. Und dann entschuldigen sie sich auch noch gleichzeitig dafür.

»Tut mir leid, entschuldige vielmals, Emilia.«

»Ich muss mich entschuldigen, Jakob. Ich hätte besser aufpassen müssen.«

Oje, das kann ja was werden.

Ich schnappe mir den Korb. »Den nehme ich mal lieber. Ist sicherer.«

Es ist ungewohnt, ohne Shanti, Larissa und Miu über die Insel zu laufen. Ich habe mich in der kurzen Zeit total an sie gewöhnt. Aber ich muss gestehen, dass es mit der jetzigen Truppe auch ganz nett ist. So locker kenne ich Clemens und Jakob gar nicht. Und das liegt sicher nicht nur an Emilias Anwesenheit, sondern auch daran, dass die anderen Jungs nicht dabei sind und sie sich nicht ständig beweisen müssen.

Wir gehen hinter dem Zaun entlang und lassen unsere Augen über die Umgebung schweifen.

»Clemens, ist dein Familienname wirklich Schnullerbacke?«, fragt Emilia.

»Das wär was! Nein, das ist mein Spitzname.«

»Ich verstehe nicht. Was ist das, ein Spitz…name?«

»Das ist …« Clemens überlegt. »Das ist nicht der echte Name, sondern ein Witzname. Witzname, Spitzname. Es kann aber auch nett gemeint sein.«

»Ja, zum Beispiel, wenn man sich Schatz nennt oder Hase, oder so«, erklärt Jakob.

»Quatsch!«, werfe ich ein. »Jakob, das sind Kosenamen. So nennt man sich, wenn man verliebt ist. Ein Spitzname ist … also zum Beispiel, wenn du jemanden Justin Bieber nennst, weil er ihm ein bisschen ähnlich sieht.«

»So wie du, Jakob!«, ruft Emilia.

»Findest du?« Jakob fährt sich mit der Hand durch die Haarpracht. »Dann hat es die Friseurin wirklich hingekriegt. Ich hab ihr nämlich ein Foto von ihm gezeigt und sie darum gebeten, mir die Haare ganz genauso zu schneiden.«

Muaaaaaaaaaah! Das hätte er nicht sagen dürfen. Wie kann man nur freiwillig so aussehen wollen wie Justin Bieber?

Ich will gerade nachfragen, wie er nur auf diese blöde Idee kommen konnte, da greift Emilia nach meinem Arm.

»*Il diavolo!*«

»Was?«

»Der Teufel«, übersetzt Jakob.

»Na ja, wohl eher ein Engel.«

Das Kätzchen tollt etwa zwanzig Meter weit von uns entfernt auf der Wiese herum. So wie es aussieht, jagt es einer Hummel oder Biene hinterher. Jetzt wo es weit genug von den Tauben weg ist, sieht es sogar sehr niedlich aus.

»Vielleicht hast du recht, Paulina«, überlegt Emilia. »Es kann auch ein Engel sein. Die kommen auch oft in Gestalt von Katzen.«

Ich übergehe ihre seltsame Bemerkung und zeige auf den Korb. »Und wie bekommen wir den Engel jetzt da rein?«

Jakob kniet sich auf den Boden und klatscht ganz leicht in die Hände. Nicht so laut, dass das Kätzchen sich erschreckt, sondern dass es auf uns aufmerksam wird.

Seine Strategie geht auf. Der kleine Racker hält inne und sieht in unsere Richtung. »Gibst du mir mal bitte dein Band, Emilia, ich brauch was zum Anlocken.«

»*Si, prego*, bitte schön!« Sie zieht es sich vom Kopf und reicht es ihm.

»Vielen Dank, Emilia.«

Boah, echt ey, das vornehme Getue nervt aber langsam gewaltig. Bei Clemens könnte ich es ja noch verstehen, der ist wenigstens ein waschechter Lord, aber Jakob und Emilia sind ganz normal, ohne von und zu. Allerdings ist Jakobs Idee ziemlich gut. Er spielt mit Emilias weißem Haarband, zieht es auf der Wiese hin und her und wirft es ein paarmal in die Luft.

Wir kauern uns nieder und das Kätzchen kommt langsam näher und näher. Es ist gleich dicht genug dran, dass Jakob einfach nur zupacken muss.

Aber da ertönt plötzlich eine schrille Stimme von der anderen Seite der Wiese – und das Kätzchen huscht von dannen, mit Emilias Haarband im Maul.

»Jetzt mach mich doch nicht so von der Seite an, du bist so was von gemein! Das hätte ich nicht von dir gedacht. Wie konntest du nur …« Die Stimme gehört eindeutig zu Xenia. Sie kommt zusammen mit Adriana, Fleur und Chiara direkt auf uns zustolziert. Gesehen haben sie uns wahrscheinlich noch nicht, sonst hätten sie entweder auf dem Absatz kehrtgemacht oder irgendwas Blödes zu uns gesagt.

Am liebsten würde ich die vier jetzt ordentlich rundmachen, aber dafür bleibt keine Zeit. Jakob war so nah dran gewesen, und jetzt flitzt das Kätzchen voll Karacho in Richtung der kleinen Badebucht, an der wir uns im Sommer immer gesonnt haben.

»Hinterher!«, ruft Clemens.

Wir rennen los.

Jakob legt einen richtigen Sprint hin und Clemens bleibt ihm dicht auf den Fersen. Im Schwimmen bin ich gut, da macht mir so schnell niemand was vor. Aber Rennen ist nicht meine Stärke. Und Emilias anscheinend auch nicht.

Nach vielleicht hundert Metern fängt sie hinter mir an zu schnaufen wie ein Walross. Ich laufe noch ein Stück weiter, aber als ich sie nicht mehr hinter mir höre, bleibe ich stehen und drehe mich zu ihr um.

Emilia lässt sich auf den Boden fallen. »Ich kann nicht mehr!«, jammert sie und zeigt auf ihre Füße. »Ich habe bestimmt schon Blasen.«

Und ich dachte, ihr sei die Puste ausgegangen. Faule

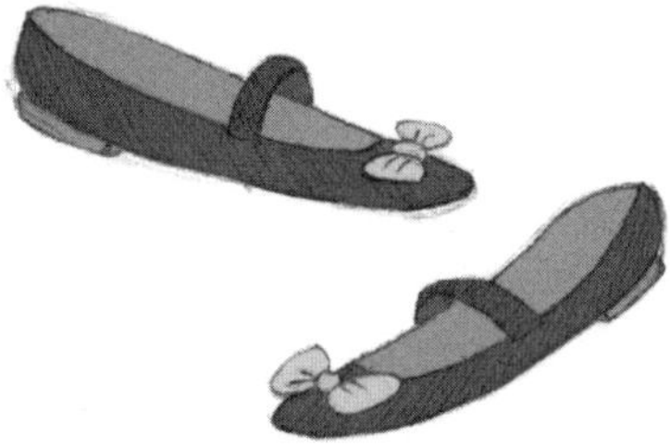

Ausreden gibt es nicht, dazu ist die Katzeneinfang-Aktion zu wichtig. Immerhin haben wir deswegen unterrichtsfrei bekommen.

Ich will ihr gerade zurufen, dass sie nicht so rumjammern soll, da schlägt sie auf einmal die Hände vor das Gesicht und fängt wieder an zu weinen.

Da kann ich natürlich nicht anders. Ich muss sofort zu ihr, um sie zu trösten. Ich lasse mich neben ihr ins Gras plumpsen und lege meinen Arm um ihre Schulter. »Tut es sehr weh?«

Emilia nickt.

»Dann zieh die Schuhe doch aus.« Schön sind die ollen Dinger sowieso nicht. Ich stand noch nie auf Ballerinas, schon gar nicht auf welche mit Schleifchen obendrauf.

Emilia streift sich schluchzend die Schuhe von den Füßen.

»Die Kniestrümpfe auch«, sage ich streng. »Lass mal sehen.«

Sie schüttelt den Kopf.

»Jetzt komm schon, zier dich nicht so, sind doch nur nackte Füße. Weg mit den *calze lunghe*«, feixe ich. »So heißt es doch auf Italienisch, oder?

Emilia nickt und zieht schniefend die blöden weißen Strümpfe aus.

»Oje, das sieht aber nicht gut aus!«, entfährt es mir. An den Fersen ist relativ großflächig die Haut abgeschubbert, alles ist total wund. An einer Stelle blutet es sogar und die Zehen sehen auch nicht viel besser aus.

»Es tut auch sehr weh«, jammert Emilia.

»Das kann ich verstehen. Deine Füße sind ja total zerschunden. Warum hast du denn nicht früher was gesagt? Das hast du doch bestimmt nicht erst seit heute.«

Eine zarte Röte schießt in Emilias Gesicht und sie dreht sich von mir weg. Ein Zeichen dafür, dass ich recht habe. Sie läuft schon länger so rum. Aber sie hat es keinem erzählt. Wenn ich auch nur eine kleine Blase an meinen Füßen habe, renne ich sofort zu Mutsch, und sie muss ein Pflaster darüberkleben. In Sachen Schmerzen bin ich eine Memme. Die kann ich nicht gut aushalten.

»Hihi«, sage ich, »du bist genauso wie ich. Ich werde auch immer rot, wenn mir was unangenehm ist. Manchmal leuchte ich sogar wie eine Warnleuchte. Aber du musst dich echt nicht schämen und das muss dir auch nicht peinlich sein. Weil ich nämlich deine Freundin bin. Und der kannst du alles sagen. Auch wirklich komplizierte Probleme, komische Gedanken und sogar Geheimnisse. Also, was ist los?«

Emilia wendet sich mir wieder zu. »Sie sind zu klein«, sagt sie. »Sie passen nicht mehr.«

»Na und, wo ist das Problem?«, frage ich. »Dann kaufst du dir halt Neue.« In dem Moment, in dem ich es ausspreche, weiß ich, dass genau das Emilias Problem ist. »Ihr habt nicht genügend Geld, um dir neue Schuhe zu kaufen?«

Emilia antwortet nicht, aber aufgrund ihrer Gesichtsfarbe, die gerade wieder in einen Rotton übergeht, weiß ich, dass ich recht habe.

»Meine Mutter arbeitet sehr hart, aber sie verdient nicht genug. Und mein Vater hat momentan keine Arbeit. Er sucht, aber er hatte bisher kein Glück.« Emilia zeigt auf die Ballerinas. »Ich hab sie von meiner großen Schwester geerbt. Meine Mutter weiß nicht, dass sie mir mittlerweile viel zu klein sind. Und wenn sie es wüsste, wäre sie sehr traurig. Und ich mag sie am liebsten, wenn sie fröhlich ist und singt. So wie früher.« Emilia sieht mich an. »Weißt du, wir sind wirklich arm.«

»Mist, das ist ja echt doof!«

Ein schlauerer Spruch fällt mir dazu im Moment nicht ein. Dass Emilia in altmodischen Oma-Klamotten durch die Gegend rennen muss, kann man ja noch irgendwie verstehen, aber zu kleine Schuhe gehen gar nicht. Das tut doch weh! Emilias Eltern haben nicht genügend Geld, um ein Paar neue Schuhe zu kaufen. Und ich habe letztens erst einen Aufstand bei Mutsch geprobt, weil ich unbedingt diesen Jumpsuit haben wollte. Ein ganz schlechtes Gewissen macht sich in mir breit.

Ich war richtig bockig und hab Mutsch sogar deswegen unter Druck gesetzt, indem ich die Internat-Karte ausgespielt habe. Ich habe einfach behauptet, dass alle Mädchen im modernen Schlaffummel ins Bett gehen würden, nur ich nicht. Und dann habe ich ihr noch unter die Nase gerieben, dass sie mich ja sozusagen dazu gezwungen hat, hierher auf die Insel zu gehen. Und das war gelogen, weil ich mich letztendlich aus eigenen Stücken dazu entschieden habe. Aber Mutsch hatte selbst so ein schlechtes Gewissen, dass sie sogar zwei gekauft hat, meinen und den für Shanti.

Jetzt würde ich gerne auf den Schlafanzug verzichten, wenn Emilia dafür ein Paar neue Schuhe bekommen könnte.

»Welche Schuhgröße hast du?«

»Siebenunddreißig.«

»Ich habe achtunddreißig.«

Lieber eine Nummer zu groß als zu klein. Dann passen sie sogar noch, wenn Emilias Füße wachsen. Ohne weiter darüber nachzudenken, ziehe ich meine Sneaker aus und halte sie Emilia hin. »Hier, die sind für dich!«

»Das kann ich nicht annehmen, Paulina, das ist wirklich sehr nett, aber …«

»Spinnst du? Ich bin deine Freundin. Und ich bin verdammt noch mal sauer, wenn du die nicht willst. Das ist ein Geschenk. Und das darfst du nicht ablehnen, sonst bin ich beleidigt.«

Emilia schaut mich mit ihren dunklen Augen sanft an. »Aber …«

»Kein Aber!« Ich stecke meine Nase in einen der Schuhe und schnüffele daran. »Oder findest du etwa, dass die Dinger stinken? Die sind doch noch gar nicht so alt.«

Genau genommen habe ich sie vor zwei Monaten zum Geburtstag geschenkt bekommen. Vorsichtshalber schnuppere ich noch einmal daran. Dann halte ich sie Emilia unter die Nase. »Hier, riech doch selber.«

Jetzt muss Emilia kichern. »Nein, lieber nicht.« Aber sie greift trotzdem danach. *»Va bene,* du hast mich überzeugt.«

»Weißt du was?« Ich ziehe meine dreckigen Socken aus und wackle mit meinen Zehen. »Ich bin vorhin die ganze Strecke ohne Schuhe gelaufen. Jetzt sind meine Füße auch richtig lädiert. Was hältst du davon, wenn wir runter zur Badebucht gehen, um sie ein bisschen im Wasser zu kühlen? Bestimmt treffen wir da auch Clemens und Jakob.«

»Oh ja, das ist eine gute Idee, aber du darfst Jakob nichts von meinem Problem erzählen.«

»Klar, das versteht sich doch von selbst. So etwas würde ein Junge doch eh nie verstehen.«

Ich springe auf und halte Emilia meine Hand hin. Sie greift danach und ich ziehe sie hoch. Und dann gehen wir barfuß über die Wiese, Emilia mit meinen Sneakern in der Hand – und ich mit ihren Ballerinas. Die wandern nachher in den Mülleimer, damit Emilia erst gar nicht in Versuchung gerät, sie doch wieder anzuziehen.

Harte Schale, weicher Kern!

»Da seid ihr ja endlich!«, ruft Jakob. »Wir haben schon gedacht, wir müssten jetzt anstatt nach der Katze nach euch suchen. Wo wart ihr denn so lange?«

»Mädelsprobleme«, antworte ich und zeige auf meine nackten Füße. »Wund gelaufen!«

»Ihr solltet später in der Krankenstation nachfragen, ob ihr Kamillentinktur bekommen könnt. Ein paar Tropfen in ein Fußbad – das wirkt Wunder.«

»Du hörst dich an wie meine Oma, Jakob.« Den Spruch kann ich mir nicht verkneifen.

Zum Glück nimmt er es mir nicht krumm, sondern grinst nur. »Das weiß ich auch von meiner Oma. Die hat nämlich auch immer mal wunde Füße, weil sie zu eitel ist und in unbequemen Schuhen rumläuft.«

Da setzt Clemens noch einen drauf. »Meine Oma benutzt übrigens immer Pferdesalbe für ihre Füße. Das Problem haben wohl viele alte Frauen.«

Hallo? Sehen wir etwa aus wie alte Frauen? Aber ich muss trotzdem schmunzeln und mir eingestehen, dass mir Jakob und Clemens richtig ans Herz wachsen, seitdem ich sie etwas näher kennenlerne.

Und bei Emilia ist das wohl auch so. Ich bin jetzt schon traurig bei dem Gedanken, dass sie bald wieder nach Capri zurückfährt.

»In Italien stellt man die Füße einfach in kaltes Wasser«, sagt sie lächelnd und stiefelt in den Rhein. »Das ist ja wirklich richtig kalt im Gegensatz zum Meer!«

»Das kannst du wohl laut sagen!« Ich wate ihr direkt hinterher.

Da stehen wir jetzt, Emilia in ihrem schicken Faltenröckchen und ich mit hochgekrempelten Hosenbeinen.

»Habt ihr eigentlich die Miezekatze irgendwo gesehen?«, frage ich die Jungs.

Jakob setzt sich ans Ufer. »Nein, die ist wie vom Erdboden verschluckt. Ich würde zu gerne wissen, wo die sich versteckt hält.«

»Was mich viel mehr interessieren würde, ist, wo sie so plötzlich hergekommen ist.« Clemens nickt in Richtung Rhein. »Die wird ja wohl nicht durch den Fluss geschwommen sein, oder?«

»Vielleicht hat sie sich auf die Fähre verirrt und ist unfreiwillig hier gelandet«, mutmaße ich. »Und jetzt sitzt sie auf der Insel fest.«

»Hallo, da seid ihr!«

Theo kommt den kleinen Trampelpfad zur Bucht hi-

nunter. Hinter ihm sind Lennart, Shanti und Graziella.

»Vielleicht ist die Katze ja durch den Geheimgang unter dem Rhein hindurchgekommen«, sagt er und setzt sich zu den Jungs auf den sandigen Boden.

Wobei wir wieder beim Thema wären. Ich seufze genervt auf. »Boah, Theo, momentan haben wir aber ausnahmsweise andere Probleme als den doofen Gang.«

»Und was, wenn das eine mit dem anderen zu tun hat? Vielleicht suchen wir uns hier ja gerade ganz umsonst den Wolf, während das Miezekätzchen schon längst wieder am Festland auf Mäusefang geht.«

»Wär das so schlimm?«, fragt Clemens. »Immerhin haben wir gerade keinen Unterricht!«

»Clemens hat absolut recht. Die Katzensuchaktion ist auf jeden Fall besser als Büffeln bei der Sauerbrei«, sagt Jakob.

»Ja, schon, aber wir sollten nachher unbedingt noch mal den Plan mit der Kerze ableuchten. Vielleicht tauchen ja noch andere Gänge auf, die wir noch gar nicht kennen.«

Clemens zuckt mit den Schultern. »Wenn du meinst, Theo. Ich kann mir aber kaum vorstellen, dass die Katze über den Brunnen auf die Insel gekommen ist. Der ist sogar für die zu tief.«

»Steht denn überhaupt fest, dass der Brunnen in den

Gang führt?«, frage ich. »Gestern haben wir doch nur rausgefunden, dass kein Wasser drin ist.«

»Ach ja, das wissen die Mädels ja noch gar nicht …«

»Prince und Hendrik haben gestern noch erzählt, dass der Gang, durch den sie gelaufen sind, durch den Brunnen hindurchführte. Auf einmal war da nämlich über ihnen so eine kreisrunde Öffnung, durch die sie den Sternenhimmel gesehen haben.«

»Aha.« Wirklich interessiert ist Shanti an Theos Erklärung anscheinend nicht. Sie zieht ihre Schuhe aus, krempelt ihre Hose hoch und stellt sich zu uns ins Wasser. »Tut gut«, sagt sie und seufzt. »Von der vielen Rumrennerei bekommt man ja Blasen an den Füßen.«

Emilia und ich schauen uns an und müssen lachen.

»Kamille hilft«, unkt Emilia, »oder Pferdesalbe.«

»Igitt«, schreit Shanti. »Ich schmier mir doch nix an die Füße, wo Pferd drin ist.«

»Shanti, du bist doch sonst immer so clever.« Jakob schüttelt den Kopf. »Pferdesalbe heißt so, weil sie ursprünglich für Pferde entwickelt wurde. Sie enthält kühlende Stoffe, die man auf ihre Waden aufträgt.«

Wir schauen alle Jakob an. Der weiß vielleicht ein Zeug! Erst die Sache mit der Kamille, jetzt das.

»Ist dein Alter Apotheker, oder was?«, fragt Theo prompt.

»Nein, Landwirt«, sagt Jakob.

»Ach so, ihr seid Bauern.« Theo klopft ihm auf die Schulter. »Wusst ich ja noch gar nicht.«

Und ich bin ehrlich gesagt auch überrascht. So wie Jakob sich immer benimmt, bin ich automatisch davon ausgegangen, dass er aus gutem Stall kommt, wie man so schön sagt. Nach Kuhmist müffelt er allerdings nicht. Mir fällt wieder der herbe Zitronenduft ein.

»Wenn du es so nennen willst, gerne, ja, dann sind wir Bauern«, sagt Jakob.

»Das ist ein sehr guter Beruf«, ereifert sich Emilia. Sie ergreift natürlich sofort Partei für Jakob, dabei hat Theo doch gar nichts Schlechtes darüber gesagt.

»Züchtet ihr irgendwelche Tiere, die dann gegessen werden, oder pflanzt ihr was an?«, fragt Shanti.

Es ist Clemens, der an seiner statt antwortet. »Jakobs Familie baut Wein an. Und sie züchten Pferde, aber keine zum Aufessen, sondern Rennpferde.«

Ah, daher weiß er von der Salbe. Rennpferde! Das erklärt auch Jakobs feine Art. Er kommt also doch aus besserem Haus.

»Kannst du reiten?«, frage ich ihn.

Ich muss ehrlich gestehen, dass ich Pferde ganz nett finde – wenn ich sie aus der Ferne betrachte. Aber ich habe auch einen Heidenrespekt vor ihnen. Das liegt daran, dass ich bisher erst einmal auf dem Rücken eines Pferdes gesessen habe und gleich nach fünf Minuten mit dem Hintern wieder auf dem Boden gelandet bin. Damals war ich sieben. Ich weiß das so genau, weil es meine Geburtstagsfeier war, an der ich unbedingt mit allen Mädchen reiten gehen wollte. Das war die schlimmste

Feier meines Lebens. Die Reitlehrerin hat gesagt, ich solle gleich wieder aufsteigen, damit ich die Angst verliere. Aber ich habe mich geweigert. Und das, obwohl es eigentlich kein Pferd, sondern ein klitzekleines Shetlandpony war.

»Wir züchten Rennpferde. Und ja, natürlich kann ich reiten«, sagt Jakob.

»Was machen wir denn jetzt mit der Katze?«, wirft Lennart ein. »Irgendwo muss sie ja sein.«

»Oder auch nicht«, wirft Theo ein. »Wie gesagt, es könnte ja auch durchaus möglich sein, dass ...«

»Boah, Theo!«, rufe ich und spritze ihn mit Wasser voll. Dabei treffe ich aus Versehen auch Clemens.

»Sorry«, sage ich, »war nicht für dich gedacht, sondern für die geheimgangbesessene Schneckenpisspocke neben dir.«

»Kein Problem.« Clemens springt auf und klopft sich den Sand von der Hose. »Wir sollten jetzt wieder zum Naunheim zurückgehen. Wir haben schon Viertel vor zehn.«

»Echt? Wie die Zeit vergeht! Jedenfalls war's 'ne feine Art, den halben Vormittag im Grünen zu verbringen ...«

Wir stiefeln an Land und machen uns mit den anderen auf den Weg zurück zum Garten.

»Hättest du das von Jakob gedacht?«, raunt Shanti mir unterwegs zu. »Rennpferde! Vielleicht nimmt er ja sogar an irgendwelchen Wettbewerben teil. Ist ja irre!«

»Stille Wasser sind tief!«, flüstere ich zurück. Dann deute ich mit dem Kopf auf Emilia, die Jakob von der Seite mehr als auffällig anschmachtet.

»Hihi«, macht Shanti. »Um die ist es jetzt wohl ganz geschehen. Jockey Jakob hat es ihr total angetan …«

Da deutet sie auf die Ballerinas in meiner Hand. »Was soll das eigentlich? Habt ihr Schuhe getauscht?«

»Ja, so ungefähr. Aber es ist etwas komplizierter. Ich erzähle es dir später.«

Wir treffen gleichzeitig mit Fleur und ihrem Gefolge am Treffpunkt ein. Ich mache einen langen Hals, um einen Blick in ihre Kiste werfen zu können. Ich hoffe wirklich, dass irgendeine der Gruppen erfolgreich war.

Sonst mache ich mir doch Sorgen um die Tauben. Wenn sie ihre Käfige verlassen, habe ich keine ruhige Minute mehr. Aber vor allem geht es hier ja auch darum, Emilia zu entlasten.

Aber das gestaltet sich momentan echt schwierig, denn niemand hat die Katze gefangen. Und gesehen hat sie außer uns auch keiner, was die blöde Fleur natürlich total suspekt findet. Sie tut so, als hätte ich mir das alles einfallen lassen.

»Tja«, sagt Herr Naunheim, »es war einen Versuch wert. Vielen Dank euch allen. Haltet bitte weiterhin die Augen offen, und wenn ihr etwas Verdächtiges seht, dann meldet euch bitte bei mir.«

»Also auf zum Schloss«, ruft Frau Sauerbrei mit ihrer hellen Stimme. »Herr Grabe wartet schon mit dem Informatikunterricht auf euch.«

»Und was ist mit den Tauben?«, frage ich. »Soll ich nicht lieber hierbleiben und auf sie aufpassen?«

»Paulina Pempelfurt, das würde dir so passen!« Frau Sauerbrei lacht. »Die Käfige sind alle verschlossen. Hier sind sie sicher.« Sie wendet sich wieder an die ganze Klasse. »Ach ja, bevor ich es vergesse, ich wollte gerne noch etwas mit euch besprechen. Ich hätte das heute Morgen in der Klasse gemacht, aber dann kam die Sache mit der Katze dazwischen. Also … ihr wisst ja, dass unser Besuch am Freitag schon wieder abreist. Deswegen wollte ich vorschlagen, dass wir am Donnerstag eine schöne Abschiedsfeier veranstalten und ihr euch dafür ein paar Events ausdenkt. Die Aufführungen können zu zweit stattfinden, zu dritt, zu viert ... wie ihr wollt. Hauptsache, es ist ein netter Beitrag. Es soll einfach ein schöner Unterhaltungsabend werden. Also enttäuscht mich bitte nicht und gebt euer Bestes. Frau Kuhn wird selbstverständlich dabei sein, Herr Naunheim und Signora Tortora ...« Sie lächelt ihrer italienischen Kollegin zu und klatscht dann in die Hände. »Und jetzt auf, zurück zum Schloss!«

Eine Abschiedsfeier? Das hört sich toll an! Schade nur, dass sich dann am nächsten Tag alles auflösen wird und unsere Freundinnen abreisen müssen.

»Ich werde sehr traurig sein und euch jeden Tag vermissen«, sagt Emilia prompt neben mir.

»Ja, ich dich auch. Aber weißt du, was schön ist? Es dauert nur ein halbes Jahr, dann kommen wir euch besuchen. Dann steht der Austausch an! Und darauf können wir uns jeden Tag freuen. Und bis dahin schreiben wir uns, ja? Willst du jetzt eigentlich im Internat bleiben?«

Emilia strahlt mich an. »Ich bleibe. Du hast recht. Graziella ist meine Freundin. Und vielleicht finde ich auch noch andere. Und außerdem ...« Eine leichte Röte zieht wieder über Emilias Gesicht. »Ich habe mit Jakob über alles geredet und es ihm extra versprochen.« Jakob hat mit Emilia geredet? Das ist ja stark!

»Das freut mich für dich, wirklich!«

Emilia seufzt. »Aber trotzdem werde ich traurig sein.«

Da taucht plötzlich Theo neben mir auf. Ich rechne damit, dass er wieder mit dem blöden Geheimgang anfängt, aber ich täusche mich.

»Weißt du, was wir heute Abend machen? Wir stellen vor dem Schlafengehen Pötte mit Milch vor den Zimmern im Erdgeschoss auf. Davor spannen wir dann Angelschnüre mit kleinen Glöckchen. Und wenn die läuten, dann wissen wir, dass die Katze da ist. Was hältst du davon?«

»Keine schlechte Idee«, gebe ich zu.

»Wir können auch abwechselnd Wache beim Taubenschlag halten, wenn du dich dann wohler fühlst«, bietet Theo an. »Notfalls auch nachts.«

Das ist Theo! Deswegen mag ich ihn. Er hat zwar eine große Klappe, aber ein gutes Herz.

Harte Schale, weicher Kern!

Wer braucht schon hübsche Ohren?

Es ist unser absoluter Lieblingsplatz.

Wir haben es uns am Bootssteg gemütlich gemacht und lassen unsere Beine über dem Wasser baumeln. Die italienischen Mädchen sind bei einem Gruppentreffen mit Frau Kuhn, Frau Sauerbrei und Signora Tortora, also haben wir den Nachmittag heute für uns.

Ich beschließe, die Sache mit Emilia anzusprechen.

»Es geht um Emilia«, sage ich, »sie hat nämlich ein Problem. Und ich meine ein richtig schwieriges, wobei ich ihr gerne helfen würde. Es ist ihr total peinlich, aber ich weiß ja, dass ich mich hundertprozentig auf euch verlassen kann.« Ich angle mit dem Fuß nach einem vorbeiziehenden Ast, verfehle ihn aber.

»Na ja, und deswegen wollte ich euch fragen, ob ihr mich dabei unterstützen würdet. Die Sache ist nämlich so: Ihr Vater hat momentan keine Arbeit, und deswegen haben sie nicht genügend Geld, um vernünftige Kleidung zu kaufen. Ihre Schuhe sind ihr viel zu klein. Sie hat schon ganz wunde Füße, hinten an den Fersen hat sie sogar geblutet. Und ihr habt ja gesehen, wie sie heute wieder rumgelaufen ist. Na ja, ich dachte, wir peppen sie kleidungsmäßig mal ein wenig auf. Was haltet ihr davon? Wir müssen es nur ganz geschickt anfangen, sonst riecht sie den Braten sofort. Wenn wir ihr was schenken, dann nimmt sie es nicht an. Dazu ist sie nämlich zu stolz. Sie hat bei meinen Sneakern schon einen riesigen Aufstand geprobt.«

»Oh, mein Gott, die Arme!«, ruft Miu aus. »Ich bin sofort dabei. Sag mir, was wir tun können.«

»Ich mach natürlich auch mit«, sagt Larissa. »Aber wie willst du das anstellen?«

»Kleidertausch!«, schlägt Shanti vor. »Das wollten wir doch eigentlich heute Morgen schon machen, oder?«

»Genau! Ich dachte, wir gehen das direkt nach dem Abendessen an. Wie wäre es, wenn ihr so rein zufällig zu uns kommen würdet, während wir schon mal mit dem Tauschen anfangen. Und dann könnt ihr gleich mitmachen.«

»Ich kann nähen«, schlägt Miu vor. »Das heißt, falls wir eine Nähmaschine auftreiben können. Manchmal kann man nämlich mit kleinen Änderungen schon sehr viel erreichen. Die Bluse, die sie heute anhatte, zum Beispiel – wenn man die Ärmel raustrennen und ein bisschen was von dem Rüschenzeug abschneiden würde, könnte man daraus ein tolles Oberteil zaubern.« Miu hat richtig glühende Wangen bekommen. Sie ist Feuer und Flamme für die Idee.

»Cool! Ich wusste gar nicht, dass du nähen kannst«, sage ich. »Das wär natürlich toll.«

»Stellt euch vor, ich musste es sogar lernen. Meine Oma hat mich sozusagen dazu gezwungen.« Miu lacht. »Jetzt hat es wenigstens einen Sinn!«

»Ich hab meine Textilschreiber dabei.« Shanti legt sich der Länge nach auf den Bootssteg und kreuzt ihre Arme hinter dem Kopf. »Ich könnte für Emilia ein paar schöne Sprüche oder Weisheiten auf die Oberteile schreiben, natürlich auch auf Italienisch, wenn sie es mir übersetzt.«

»Uns geht es ganz schön gut«, sage ich und lege mich neben sie. »Wir vergessen das oft.«

Wir schauen eine Weile in den Himmel.

»Wir haben alles, was wir brauchen, und dürfen hier auf Schloss Bernstein wohnen – alle zusammen«, sagt Larissa.

»Das stimmt, das ist überhaupt das Beste!«, stimme ich zu und schließe für einen Moment die Augen. Ich genieße das Gefühl, jetzt in diesem Moment hier mit meinen Freundinnen sein zu dürfen.

Da ertönt plötzlich unter dem Steg ein Rascheln oder vielmehr eine Art Kratzen. Erstaunt schaue ich auf.

»Was war das? Habt ihr das auch gehört?«

Miu hängt schon mit dem Kopf nach unten und späht unter die Holzbohlen. »Das gibt's doch nicht!«, ruft sie. »Seht mal hier!«

Wir tun es ihr gleich. Unter dem Bootssteg liegt ein Stück schmutzig weißer Stoff.

Shanti erkennt als Erste, was das ist.

»Das ist ja Emilias Haarband! Wie kommt das denn da hin?«

»Jakob hat vorhin die Katze damit angelockt!«, rufe ich. »Und dann ist sie damit abgehauen. Schnell, die muss noch irgendwo hier sein.«

Wir springen ans Ufer. Larissa ist die Schnellste und krabbelt schon unter die Bohlen. Sie greift sich das Haarband, es ist ganz zerfetzt

und schmutzig grau. Von dem Kätzchen ist weit und breit keine Spur zu sehen.

»Hm«, mache ich und krieche auf allen vieren unter dem Steg herum, weil mir Theo und seine Geheimgangtheorie auf einmal im Kopf rumspuken.

»Was suchst du denn?«, fragt Larissa.

»Den Eingang.«

»Ich glaub nicht, dass du den da findest«, antwortet sie.

Und weil sie so clever ist, denke ich über ihre Worte nach. Der Rhein führt manchmal ganz schön Hochwasser, und dann wär der Gang ratzfatz vollgelaufen, wenn hier tatsächlich ein Zugang wäre.

»Du hast recht.« Ich klopfe mir den Sand von den Knien. »Da war nix. Theo hat mich ganz kirre gemacht mit seinem Tunnel unter dem Rhein durch.«

»Aber die Katze muss eben noch da gewesen sein. Ich habe das Rascheln auch gehört.« Larissa hebt das Haarband hoch. »Und außerdem haben wir ja hier den offiziellen Beweis.«

»Das Haarband ist auf jeden Fall hinüber.« Shanti grinst mich an und pickt ein Blatt aus meinen Haaren. »Das fällt bei der Kleidertauschaktion schon mal weg.«

»Ach, komm schon, du hättest ein paar schöne bunte Peace-Zeichen draufgemalt, dann wäre es ein richtig hübsches Schmuckstück geworden«, feixe ich.

»Das ist überhaupt die Idee, zeig mal her.« Shanti greift nach dem zerfledderten Band. »Das können wir voll vergessen. Aber, Miu, wenn du die Ärmel aus der Bluse heraustrennst, könnten wir doch ein paar schöne Haarbänder daraus kreieren, was meinst du? Du nähst, ich verziere.«

»Aber dann zum Knoten, sodass sie an der Seite etwas länger sind. Ein bisschen hippiemäßig, davon würde ich dann auch eins nehmen.«

»Ja, warum nicht? Ich hab auch noch Glitzerstifte, das würde passen«, schlägt Shanti begeistert vor.

Ich höre zu, wie die beiden schon mal neue Kleidungsstücke entwerfen. Und dabei kommt mir eine Idee.

»Ich hab's«, rufe ich. »So können wir gleich zwei Fliegen mit einer Klappe schlagen.«

Meine Freundinnen schauen mich an. Ich warte einen Moment, um es noch spannender zu machen. Und dann sage ich: »Die Abschlussfeier. Wir organisieren unsere eigene Modenschau. Mit selbst geänderten und aufgehübschten Sachen. Was haltet ihr davon?«

»Das ist genial!«, sagt Miu.

»Was meint ihr, könnt ihr Maura und Valentina davon überzeugen, bei uns mitzumachen?«, frage ich. »Ich kenne die beiden nicht so gut. Ich bin mir zumindest sicher, dass Graziella und Emilia begeistert sind von der Idee.«

»Das kriegen wir schon hin, nicht wahr, Miu?«

Die nickt Larissa abwesend zu. Wahrscheinlich schneidert sie gedanklich gerade das erste ausgefallene Designerstück.

»Und wie machen wir das dann beim Präsentieren?«, fragt Shanti. »Sollen wir etwa wie Topmodels über den Laufsteg?«

»Klar«, sagt Larissa, »wie denn sonst?«

Larissa legt sofort einen bühnenreifen Auftritt auf dem Bootssteg hin. Sie läuft, nein, sie tippelt mit ihren langen Beinen die Holzbohlen entlang. Als sie wieder zu uns zurückkommt, schwingt sie richtig ihre Hüften, und das sieht bei ihr noch nicht einmal dämlich aus.

Ich weiß aber ganz genau, bei wem das so sein wird …

»Nie im Leben!«, rufe ich. »Das könnt ihr voll vergessen. Das krieg ich nie hin. Ich stolpere bestimmt und leg mich garantiert lang.« Wie konnte ich nur so doof sein, eine Modenschau vorzuschlagen?

Meine Freundinnen grinsen mich frech an. Ich habe keine Chance. Es war meine Idee. Jetzt kann ich ja schlecht sagen, dass ich nicht mitmachen will.

»Aber ich ziehe keinen kurzen Rock oder so was an, damit das klar ist!«

»Ach bitte, Paulina, nur einmal, für uns, ja?«, säuselt Larissa.

»Nein!« Ich setze meinen strengen Blick auf.

Meine Freundinnen lachen, aber ich weiß, dass sie es nicht so meinen. Sie würden mich niemals zwingen, etwas zu machen, was ich nicht will, deswegen lache ich einfach mit.

»Das wird was werden«, sage ich, als ich wieder zu Luft komme. »Ich sehe schon die Jungs vor mir. Die werden

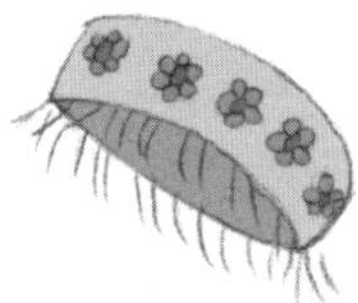

sich köstlich amüsieren, wenn wir da einen auf *Germanys Next Topmodel* machen.«

»Du gehst mit der ärmellosen rosa Weste. Dazu passend bekommst du ein Haarband«, sagt Miu und grinst. »Und auf den Faltenrock verzichten wir großzügig. Du kannst supergut eine enge Jeans tragen.«

»Okay, das hört sich akzeptabel an«, sage ich. »Damit kann ich leben.«

Wir haben auf der Suche nach der Katze noch einmal die komplette Insel umrundet, immer in der Nähe des Ufers entlang. Aber wir haben keine Spur von ihr finden können.

Als wir zurück nach Europa kommen, treffen wir auf die italienischen Mädchen. Sie haben die Gruppenstunde beim Pinguin also überstanden.

»Jetzt wäre doch eine gute Gelegenheit«, schlägt Shanti vor. »Wenn wir alle zusammen sind, kommt unsere Idee bestimmt noch besser an.«

Wir winken unsere vier neuen Freundinnen heran.

»War es sehr langweilig?«, frage ich und schlage einen mitfühlenden Ton an.

Emilia nickt. Dann kichert sie und schaut zu Graziella. »Darf ich es erzählen?«

»Sie werden es doch sowieso erfahren. Es haben ja alle mitbekommen.« Sie seufzt. »Ich bin eingeschlafen. Oh mein Gott, wie war das peinlich. Ich war auf einmal so müde und habe gemerkt, dass meine Augen immer schwerer wurden, und auf einmal war ich weg. Zack, einfach so.«

»Ihr Kopf ist runtergesackt«, erzählt Maura. »Ungefähr so ... Sie hat aber kein Geräusch gemacht. Wir saßen in der ersten Reihe, direkt vor Frau Kuhn. Und die hat es sofort bemerkt. Sie ist zu Graziella hin und hat sie an der Schulter gerüttelt und gefragt, ob sie ihr eine Liege bringen kann, damit sie es bequemer hat.«

Wir müssen alle lachen. So viel Humor hätte ich der Kuhn gar nicht zugetraut ...

»Heute gehen wir alle früher ins Bett«, sage ich. »Mir steckt die Nacht von gestern auch noch in den Knochen.«

»Ja, das ist eine sehr gute Idee!« Graziella seufzt tief auf. »Keine spontanen Rettungsaktionen, okay?«

»Versprochen«, antworten Shanti und ich gleichzeitig.

»Aber sagt mal, wir wollten noch was anderes mit euch besprechen, wo wir alle gerade so schön zusammen sind«, beginnt Miu geschickt. »Wir haben vorhin überlegt, was wir für unsere Abschlussfeier am Donnerstagabend vorbereiten können. Und da sind wir auf eine ganz verrückte Idee gekommen. Was haltet ihr davon, wenn wir eine Modenschau organisieren? So mit allem Drum und Dran, mit unseren eigenen Klamotten.«

»Oh ja, das würde mir gefallen!« Maura ist sofort begeistert. Und auch Valentina findet die Idee gut. Allerdings wollen zu meiner Überraschung unsere beiden nicht so recht.

»Ich weiß nicht.« Graziella zögert. »Könnt ihr mich später noch mal fragen? Ich bin gerade sehr müde und kann nicht mehr klar denken.«

»Ich weiß es auch nicht«, druckst Emilia herum. »Ich glaube nicht, dass jemand meine Kleidung schön findet. Und mich will auch keiner sehen.«

»Was?«, ruft Miu. »Emilia, du musst mitmachen!« Sie zeigt auf ihre rosa Rüschenbluse. »Wir wollen nämlich eine wunderschöne ärmellose Weste aus deiner Bluse machen und ganz tolle Hippie-Haarbänder aus den Ärmeln. Von uns hat niemand eine Bluse dabei. Wir brauchen deine, bitte!«

»Und außerdem bist du schön und jeder will dich sehen«, sagt Shanti. »Ich wäre froh, wenn ich so eine hübsche Nase hätte wie du. Und du hast auch wunderbar wohlgeformte Ohren.« Sie zeigt auf ihre. »Das nennt man unansehnliche Segelohren.«

Emilia sieht Shanti streng an. »Du weißt doch, wahre Schönheit kommt von innen. Wer braucht schon hübsche Ohren?«

Flower-Power und Hippielook

In unserem Zimmer sieht es aus wie in einem bunten Kleiderbazar. Auf einem der Gästebetten stapeln sich Hosen, auf dem anderen Oberteile. Auf Shantis und meinem Bett liegen ausgebreitet ein paar Röcke, Larissa hat sogar zwei Kleider beigesteuert, die sie sowieso bisher noch kein einziges Mal getragen hat, zumindest nicht hier auf Bernstein. Ein paar Teile hängen an Kleiderbügeln außen am Schrank. Und auf einem der Schreibtische haben wir Accessoires gesammelt, Taschen, Gürtel, Tücher, Schals – und auch Dinge, aus denen erst noch etwas werden soll, wie zum Beispiel Mius lilafarbenes Plüschkissen, das zwar sehr süß aussieht, aber fürchterlich kratzt, wenn man sich mit der Wange darauflegt.

Wir haben Miu kurzerhand zur Modemanagerin ernannt. Sie geht voll in der Rolle auf und hat tolle Ideen. Außerdem schafft sie es ganz nebenbei, Emilia geschickt mit ein paar neuen Klamotten zu versorgen.

»Da das Thema ja Hippie-Zeit ist«, sagt sie, »dafür brauche ich unbedingt mindestens drei Blusen oder Hemden, besser aber sogar vier, aus denen wir die ärmellosen Oberteile und Stirnbänder machen können.«

»Da musst du dich an Emilia wenden«, sage ich. »Meine schicken Sachen habe ich nicht dabei.«

In meinem Schrank zu Hause hängt nur eine einzige weiße Bluse für absolute Notfälle, wenn wir irgendwo mal eingeladen sind oder wenn ein besonderes Event ansteht, zum Beispiel wenn Papa eine Musikaufführung hat. Dazu trage ich dann meine schlichte schwarze Stoffhose und bin so perfekt angezogen.

»Was ist, Emilia, gibst du sie uns?«, fragt Miu und schaut dabei auf ihren Block, in dem sie sich emsig Notizen macht. Sie scheint ihre Aufgabe wirklich sehr ernst zu nehmen.

»Ja, das würde ich sehr gerne, aber ... was soll ich dann bis Donnerstag anziehen? Ich habe doch nur noch die drei Blusen dabei.«

Shanti und ich greifen gleichzeitig nach einem Teil und schmeißen ihr die beiden Oberteile zu.

»Tauschgeschäft«, sage ich. »Du kriegst mein Sweatshirt, das du gestern schon anhattest, dafür darf ich dann aber die aufgepeppte Bluse behalten.«

Shanti trennt sich von einer ihrer bunten Tuniken. »Oder magst du sie nicht? Meine Klamotten sind ja schon sehr speziell.«

»Oh doch, sehr sogar«, beteuert Emilia und scheint das

absolut ernst zu meinen. »Ich finde, du hast den tollsten Stil vom ganzen Internat, Shanti. So außergewöhnlich, das finde ich wundervoll. Und am besten gefallen mir die Sprüche, die du auf deine Shirts schreibst.«

»Okay, dann also abgemacht.«

Und sollten die ärmellosen Blusen nicht alltagstauglich sein, dann geh ich mit Shanti im nächsten Karneval im Hippielook. Das passt immer!

»Ich würde auch gern was tauschen«, sagt Maura und hält Emilia ein schlichtes dunkelblaues Langarmshirt hin. »Ich habe aber nichts anderes zum Tauschen. Sonst bekomme ich Ärger mit meiner Mutter.«

Maura ist in die Aktion nicht eingeweiht. Sie möchte also wirklich eine von Emilias Blusen haben.

Wie cool ist das denn?

»Kein Problem, Maura, das nehme ich sehr gerne.« Emilia guckt uns verschwörerisch an. »Dunkle Kleidung kann man immer mal gebrauchen.«

»Super«, sagt Miu begeistert. »Jetzt zu den Hosen. Ein paar davon würde ich gerne unten fransig einschneiden, eben auch im Hippielook. Und aus den Röcken mache ich schöne Patchworkarbeiten.« Sie greift nach Emilias dunkelblauem Faltenrock. »Also, wir könnten zum Beispiel ein Längsstück davon raustrennen und dafür Jeansstoff einnähen oder meinetwegen auch Cord. Was haltet ihr davon?«

Wir sind alle begeistert. Und vergessen dabei völlig, welchen Sinn die Aktion eigentlich haben sollte. Ohne dass wir weiter in das Geschehen eingreifen müssen, wird Emilia stolze Besitzerin dreier Oberteile, einer Leggins mit lila Punkten – von Shanti – und einer tollen schwarzen Glitzerhose, von der sich Valentina im Austausch gegen einen originellen Patchworkrock trennt.

»Wie wollen wir das alles überhaupt bis Donnerstag schaffen?«, fragt Larissa. »Miu, du bist die Einzige von uns, die nähen kann.«

»Ganz einfach, wir machen Arbeitsteilung«, sagt Miu. »Wenn ihr nichts dagegen habt.«

Wir schütteln die Köpfe. »Natürlich nicht!«

»Na gut, zuerst müssen wir vorsichtig die Naht der Blusenärmel auftrennen. Am besten geht das mit einer Nagelschere. Das können Emilia und Paulina schon mal machen«, sagt Miu. »Shanti, du holst deine Stifte und machst aber vorab einige Skizzen auf Papier. Dann hast du gleich eine Vorlage und genügend Übung, bevor du direkt auf den Stoff zeichnest oder schreibst.«

Dann weist Miu noch die anderen ein.

»Maura und Valentina, ihr schneidet die Jeanshosen von unten ein. Ich zeig euch gleich, wie ihr es am besten hinbekommt, dass es auch schön fransig wird. Und Larissa, du besorgst die Nähmaschine, Garn, Scheren und den anderen Kram … Ach ja, und morgen inspizieren wir dann die Aula und überlegen, wie wir laufen und ob wir noch Dekoration brauchen.«

Das ist geradezu perfekt. Miu ist die Größte!

»Bist du dir sicher, dass du später mal Köchin werden willst?«, frage ich. »Meiner Meinung nach könntest du auch ein großes Modeimperium leiten, so mit richtig großen Shows. Du kannst perfekt organisieren.«

»Das muss man in einer großen Küche auch können«, sagt Miu. »Nein, ich werde kochen, das steht fest. Dazu esse ich einfach viel zu gerne!«

»Na gut, dann werde ich auf jeden Fall Stammgast.«

»Also, ihr Lieben ...« Sie klatscht in die Hände, so wie Frau Sauerbrei das immer macht. »Auf geht's, wir haben jede Menge zu tun!«

Wir machen uns gleich an die Arbeit. Emilia und ich holen unsere Nagelscheren aus dem Bad und legen sofort los.

»Sag mal, Emilia ...«, auf einmal bekomme ich doch Bedenken. »Du kriegst aber keinen Ärger, wenn wir jetzt deine Blusen kaputt schneiden und du mit Flower-Power-Klamotten nach Hause zurückkommst?«

Emilia schüttelt den Kopf. »Nein«, sagt sie leise zu mir. »Meine Mutter wird sehr glücklich sein, wenn sie erfährt, was ich für tolle Freundinnen gefunden habe. Ich weiß, dass ihr das für mich macht. Das ist doch so, oder?«

Ich will zuerst widersprechen, aber dann entscheide ich mich für die Wahrheit. Emilia ist nicht doof, wenn ich jetzt lüge, ist ihr die Sache bestimmt peinlich. »Ja, anfangs war das die Idee, aber dann nicht mehr. Maura, Valentina und Graziella haben absolut nichts davon gewusst, ganz ehrlich. Sie machen das, weil es ihnen Spaß macht. Und weil sie scharf auf die neuen Klamotten sind, die wir hier kreieren. Das wird echt so was von cool. Pass mal auf, deine Hippie-Bluse und die passenden Stirnbänder werden noch voll der Trend hier bei uns im Internat.«

Emilia kichert. »Meinst du? Das wäre ganz schön verrückt.«

»Genau«, pflichte ich ihr bei. »Verrückt wäre es, aber eben auch verdammt cool. Und wenn nicht, dann hatten wir wenigstens eine Menge Spaß. Und das ist doch schließlich die Hauptsache.«

»Ja, das stimmt.« Emilia hält einen hellblauen Ärmel in die Luft. »Wenn das meine Schwester sehen würde«, kichert sie. »Die würde Augen machen!«

Wir sind alle so beschäftigt, dass wir wieder mal nicht mitbekommen, wie die Zeit vergeht. Es ist schon nach halb zehn, als es an unsere Tür klopft und kurz darauf Lizzy im Zimmer steht.

»Was passiert denn hier?«, fragt sie, als sie uns so emsig beschäftigt sieht.

»Modenschau«, sagt Shanti, »für Donnerstagabend.«

Lizzy greift nach einem von den Hippie-Stirnbändern. Ein paar von ihnen sind schon fertig, weil wir die Ärmel nur in Streifen schneiden mussten und Miu daran nichts zu ändern hatte.

»Das ist ja cool! So eins würde ich auch nehmen.«

Shanti hat echt tolle Haarbänder gezaubert. Glitzernde Peace-Zeichen, kleine Herzen und schöne Fantasie-Ornamente verzieren die ehemals schlichten Stoffstreifen.

Aus den schmalen Resten haben Graziella und Maura spontan Bändchen für die Arme geflochten, die auch sehr hübsch sind. Hier haben sogar die Rüschen einen tollen Platz gefunden. Sie baumeln als kleine Blüten-Anhänger an den Bändchen unten dran. Das sieht wirklich niedlich aus.

»Wenn ihr einen auf Hippie macht, müsst ihr auch die passende Musik für eure Show haben.« Lizzy bindet sich das Stirnband um den Kopf. Es sieht wirklich richtig gut aus.

»Kennt ihr ABBA? Oder vielleicht das Musical oder den Film ›*Mamma Mia*‹?«

»Ja, das hab ich gesehen«, sage ich. »Das ist eine gute Idee!«

Während wir den Film oder zumindest die Musik kennen, scheint ABBA den Italienerinnen völlig unbekannt zu sein.

»Googelt doch morgen danach«, schlägt Lizzy vor.

»Wobei wir auch schon beim Thema wären, die Betonung liegt nämlich auf *morgen.* Ich wollte euch sagen, dass ihr für heute Schluss machen sollt. Ihr wisst ja, ab zehn Uhr ist Bettruhe angesagt. Also, seid mir nicht böse, aber ich glaube, ihr könnt alle eine Runde Schlaf sehr gut gebrauchen.«

»Komisch«, sagt Graziella. »Ich war den ganzen Tag müde, aber jetzt bin ich es nicht mehr.«

»Du hast ja auch schon geschlafen«, feixt Emilia. »Wir nicht.«

Mir geht es ähnlich wie Graziella. Ich bin hellwach und würde am liebsten noch weiter an unserer Modenschau arbeiten, aber Lizzy hat recht. Morgen früh klingelt der Wecker oder Shanti brummt uns wieder erbarmungslos wach. Sir James ist ja in den Stall verbannt worden, wenigstens der bleibt uns demnach erspart.

»Okay, Schluss für heute!«, bestimmt Miu, die Managerin. »Morgen Nachmittag treffen wir uns nach dem Unterricht und machen weiter.«

Lizzy nickt. »Sehr schön. Gute Nacht dann alle zusammen. Ich verlass mich auf euch.«

Sie ist schon fast zur Tür raus, da ruft ihr Valentina nach: »Halt, das Stirnband, das brauchen wir noch!«

»Ach ja ...« Lizzy zieht es lächelnd vom Kopf. »Aber wenn ihr eins übrig habt, dann denkt ihr an mich, versprochen?«

»Machen wir«, sage ich und überlege noch, ob sie es etwa mopsen wollte.

Shanti packt ihre Stifte zusammen, Larissa sammelt die Stoffreste vom Boden, Graziella und Valentina packen Scheren und andere Utensilien zusammen – und ich räume die Klamotten von den Betten.

Dabei entdecke ich ein Gesicht vor unserem Fenster. Fängt das etwa schon wieder an?

»Ne, ne, das ist jetzt nicht wahr!«

Ich steige auf mein Bett und schaue direkt in Theos Gesicht, dahinter erblicke ich die ganze Jungsmannschaft: Sam, Lennart, Clemens und natürlich Jakob.

»Was macht ihr denn schon wieder hier?«, frage ich. »Von Inseltouren haben wir erst mal genug.« Ich drehe mich zu meinen Freundinnen um, die sich hinter mir aufgebaut haben. »Oder, Mädels?«

»Das könnt ihr vergessen!«, ruft Larissa.

Shanti steigt zu mir aufs Bett. »Theo, das geht jetzt echt zu weit. Wenn ihr unbedingt den blöden Schatz finden wollt, dann bleibt doch mal das Wochenende über hier. Oder besser noch, die ganzen Ferien.«

»Boah, Shanti, chill doch mal«, sagt Theo. »Wir wollen euch zu gar nix überreden. Uns hat die Inseltour gestern auch erst mal gereicht. Das kannst du uns glauben.«

»Pah!«, macht Shanti und sieht gar nicht überzeugt aus.

Aber diesmal meint Theo es anscheinend ernst.

Mir fällt wieder ein, warum die Jungs vor unserem Fenster stehen.

Ich ziehe meine Freundin kurz am Ärmel und deute

mit dem Kopf nach draußen auf die Wiese. Da stehen in gleichmäßigen Abständen verteilt ein paar Töpfchen im Gras. Von hier aus kann man es nicht genau erkennen, aber ich geh schwer davon aus, dass Milch drin ist.

»Ein Alarmsystem für die Katze!«, sagt Shanti lächelnd. »Ihr seid ja süß.«

Theo nickt und strahlt dabei übers ganze Gesicht. »Die Angelschnur und die Glöckchen haben wir von Herrn Naunheim bekommen. Er weiß von der Aktion und findet sie sogar gut. Wir wollten euch nur sagen, dass ihr euch nicht wundern sollt, wenn es auf einmal in der Nacht läutet. Das sind dann keine kleinen Elfen oder andere Zauberwesen, sondern die Katze.« Er hält mir einen Korb entgegen. »Hier! Könnte ja sein, dass ihr sie erwischt. Ihr müsstet dann nur mal kurz zum Fenster raus.«

»Danke, Theo, das ist eine megamäßig coole Aktion!«

Ich nehme den Korb entgegen und staune nicht schlecht, als ich darin eine große weiße Dose entdecke.

»Was ist das denn?«, frage ich und nehme sie heraus.

Theo grinst jetzt richtig breit. »Du solltest nicht fragen, *was* es ist, sondern für *wen*.«

Aber das muss ich gar nicht mehr, denn das weiß ich selbst. »Pferdesalbe!«, lese ich laut und grinse jetzt mindestens genauso breit wie Theo. Ich drehe mich zu Emilia um. »Die ist für dich. Ich nehme an, von Justin Bieber.«

Jakob steht etwas abseits, die Hände tief in den Hosentaschen vergraben.

»Wo hast du die denn auf einmal so schnell her, Jakob?«, rufe ich ihm zu. »Expresslieferung?«

Clemens' Vater hat einen Gyrocopter, das ist ein Zweimannhubschrauber, mit dem er ab und zu mal durch die Gegend fliegt. Ob Jakobs Vater auch so ein Ding hat? Oder waren sie heute Nachmittag etwa drüben im Dorf, um die Salbe zu besorgen? Das wäre natürlich der Oberhammer.

»Nein, Krankenstation«, ruft Jakob zurück. »Und sie ist nicht nur für Emilia, sie ist auch für dich. Für eure Fußprobleme.«

»Wow, vielen Dank, Jakob!«

Ich winke den Jungs noch einmal zu, dann schließe ich das Fenster und sie trollen sich davon.

»Wie süß ist das denn?« Larissa, Miu und Shanti reichen sich abwechselnd die Dose mit der Pferdesalbe weiter. Und danach wandert sie durch die Hände der italienischen Mädchen, bevor sie bei Emilia ankommt.

»Schmetterlinge im Bauch«, sagt Graziella.

Valentina seufzt laut auf. *»Amore! Que bello ...«*

Emilia sitzt lächelnd auf dem Gästebett, die schwere Cremedose auf ihrem Schoß. *»Si, si, amore!* Meine Füße werden diese Salbe lieben ...«

Wir haben es nicht ganz pünktlich geschafft. Es ist kurz vor halb elf, als wir endlich im Bett liegen. Emilia und ich tragen weiche Baumwollsocken, die Shanti uns geliehen hat. Dadurch kann man die Creme ganz dick auftragen, die dann über Nacht gut einwirken kann. Das hat Shanti wiederum von ihrer Oma gelernt.

Ich muss meine unbedingt fragen, ob sie nicht auch ein paar Fußtipps für mich hat. Die Pampe da in den Socken tut auf jeden Fall verdammt gut.

»Gute Nacht, Mädels!« Ich gähne herzhaft.

Auf einmal hat die Müdigkeit doch bei mir angeklopft. Und den anderen geht es auch so. Graziella ist eh schon eingepennt. Wie sie das nur macht? Sie legt sich hin – und schläft, ganz egal, was um sie herum gerade passiert.

»*Buona notte!*« Shanti rollt sich in ihre Decke ein.

Und Emilia? Die liegt, wie ich im Dämmerlicht sehen kann, mit offenen Augen da und lächelt vor sich hin. Aber wenigstens ist sie still dabei.

Ich überlege, was ich mir wünschen soll. Dass ich bis morgen früh durchschlafe oder dass eines der Glöckchen klingelt und wir die Katze fangen können? Ich beschließe, es darauf ankommen zu lassen. So, wie es kommt, ist es gut.

Und dann schicke ich noch einen letzten guten Gedanken an Kira, wie jede Nacht kurz vor dem Einschlafen. Ich muss sie morgen unbedingt anrufen und ihr alles erzählen.

Es ist genau sechs Uhr dreißig, als ich ein Glöckchen läuten höre. Ich weiß das, da ich komischerweise kurz vorher ganz von allein wach geworden bin und auf die Uhr gesehen habe, so als hätte ich gespürt, dass die Katze doch noch auf einen Besuch vorbeikommen wird.

Ich wickle mich aus meiner Decke und ziehe das Rollo ein Stückchen nach oben. Dann bücke ich mich und linse nach draußen. Doch im nächsten Moment schon lasse ich mich wieder rückwärts aufs Bett fallen.

Dunkle Augen vor meinem Fenster! Was haben die denn da in aller Herrgottsfrüh bitte schön zu suchen?

»Was ist los?«, flüstert Shanti, die durch meine Aktion wach geworden ist.

»Ich glaub, ich hab Albträume.« Ich ziehe mir die Decke über den Kopf und flüstere: »Entweder bin ich total bescheuert oder aber ich habe gerade Prince da draußen gesehen. Und zwar ziemlich nah mit dem Kopf an der Scheibe. So als hätte er bei uns reingelünkert.«

»Is' ja verrückt.« Shanti kommt zu mir rüber.

Auch Emilia wird nun wach. »Was ist?«, fragt sie. »Müssen wir wieder jemanden retten?«

In dem Moment klopft es gegen das Rollo.

»Ich mach nicht auf!«, sage ich, doch dann höre ich ein leises lang gezogenes »Maunz«. Da kann ich natürlich nicht widerstehen.

Rumms! Mit einem Ruck ziehe ich das Rollo hoch.

Vor dem Fenster stehen Prince und Hendrik und lächeln mich an.

»Mach schon auf«, sagt Shanti.

Ich öffne das Fenster.

Jetzt ist auch Graziella wach.

»Wir haben doch gesagt, dass wir es wiedergutmachen.« Prince hält mir einen Korb entgegen und öffnet den Deckel. Ich schaue auf ein felliges rabenschwarzes Etwas, das ganz eindeutig nach einer Katze aussieht.

»Das ist ja … Danke! Wo habt ihr sie denn gefunden?«

Ich reiche den Korb nach hinten zu Emilia und Graziella, die sich gleich um das Kätzchen kümmern.

»In der Nähe der Kapelle«, sagt Hendrik. »Wir vermuten, dass sie durch den Gang gekommen ist und nicht mehr zurückkonnte. Es ging ihr wahrscheinlich so wie uns. Sie konnte nicht umkehren, weil was von der Decke eingestürzt ist.«

»Was? Wo das denn? Davon weiß ich ja gar nichts.«

»Na ja … « Prince wuschelt sich durch seine dunklen Locken. »Das ist passiert, als wir da unten waren und ihr nach uns gesucht habt. In dem neuen Gang war eine Tür, die ein bisschen klemmte. Also haben wir sie aufgedrückt. Und als wir durch waren, bröselte auf einmal Erde von oben herab. Und dann kamen auch größere Brocken. Der Weg ist dicht. Deswegen mussten wir es ja bei der Kapelle versuchen.« Er sieht mir tief in die Augen. »Ich wusste übrigens, dass du uns finden würdest. Danke noch mal, ohne dich wären wir da unten versauert.«

Ich starre Prince an, dann Hendrik. Und auf einmal spüre ich eine riesengroße Wut im Bauch. Trotz seines Dackelblicks.

»Habt ihr jetzt endlich genug?«, fahre ich die beiden an. »Wisst ihr eigentlich, was dabei alles hätte passieren können? Ihr seid echt die blödesten Blödmänner der ganzen Schule! Ihr denkt, dass ihr total cool seid, aber dabei seid ihr einfach nur verantwortungslos. Und bescheuert noch dazu. Ihr hättet … ihr hättet … dabei draufgehen können!«

Bei dem Gedanken daran schießen mir Tränen in die Augen. Wütend wische ich sie mir weg. »Ach, ist ja auch egal! Wenn ihr unbedingt euer Leben aufs Spiel setzen wollt, dann macht das. Aber ohne mich. Ich will mir keine Sorgen mehr um euch machen müssen. Mit so etwas möchte ich nichts zu tun haben. Ist das klar?«

Prince und Hendrik schauen dumm aus der Wäsche. Sie wissen nicht recht, wie sie mit meinem Wutanfall umgehen sollen, und sagen erst mal nichts.

»Ob das klar ist, habe ich gefragt!«

Ich glaube, ich höre mich gerade an wie meine Mutter. Oder noch schlimmer: wie der Pinguin. Aber das ist mir egal. Sollen sie doch von mir denken, was sie wollen.

Mit einem lauten Knall schließe ich das Fenster.

Ein schlechtes Geheimnis

Das Kätzchen ist wirklich niedlich. Es hat glänzendes Fell und tolle grüne Augen. Ich sitze auf dem Fußboden und kraule es hinter seinen Ohren. Das scheint ihm zu gefallen, denn es schnurrt zufrieden vor sich hin.

»Wie wollen wir es denn nennen?«, frage ich.

»Hm, kommt drauf an, ob es ein Junge oder ein Mädchen ist«, überlegt Shanti. »Kann man da vielleicht irgendwas sehen?«

Ich lünkere unter den Bauch des Kätzchens. »Also, ich seh da nichts.«

»Zeig mal her.« Emilia greift sich das Fellknäuel und zieht den Schwanz nach oben. »Es ist ein Junge«, stellt sie dann fachmännisch fest. »Das kann man hier hinten sehen.«

Sie setzt den kleinen Racker wieder auf den Boden.

»Dann bist du also ein Kater, soso. Und wie nennen wir dich?«, überlege ich.

»Angelo«, kommt die prompte Antwort von Emilia. »Du hast gesagt, dass es ein Engel ist. Und das heißt auf Italienisch *Angelo.*«

»Das ist ein sehr schöner Name«, sage ich und Shanti stimmt mir zu. »Den nehmen wir.«

Angelo ist wirklich süß. Ich glaube, dass er noch sehr jung ist, zwar kein Baby mehr, aber auch noch nicht richtig ausgewachsen. Er ist nämlich nicht sehr groß. Und wahnsinnig verspielt und verschmust ist er auch.

»Schade, dass wir dich nicht behalten können«, flüstere ich ihm ins Ohr und kraule ihn weiter. »Aber wir haben hier einen Gockel und ein paar Tauben, auf die wir aufpassen müssen.«

»Was passiert denn jetzt mit ihm?«, fragt Emilia. »Nach Capri können wir ihn bestimmt nicht mitnehmen. Auch wenn es ihm dort sicher gefallen würde. Signora Tortora erlaubt das nicht.«

»Da werden wir wohl Herrn Naunheim fragen müssen«, schlägt Shanti vor. »Und zwar am besten, bevor der Unterricht anfängt.«

»Du hast recht, wir können ihn ja schließlich nicht allein hier auf dem Zimmer lassen. Wer weiß, was der kleine Engel dann anstellt.«

Angelo liegt auf dem Rücken und greift mit den Pfoten nach dem Stoffstreifen, den ich über ihm hin und herschwenke. Dabei bleibt er mit seinen scharfen Krallen darin hängen.« Nicht dass er alles hier drin zerkratzt. Er ist ja seine Freiheit gewohnt.«

»Außerdem muss er ja auch mal Pipi«, stellt Graziella fest. »Und wir haben kein Katzenklo. Das stinkt dann fürchterlich.«

Ich werfe einen Blick auf die Uhr. Es ist kurz nach sieben. Wenn ich mich beeile, kann ich Angelo noch vor dem Frühstück zu Herrn Naunheim bringen. Der weiß bestimmt, was das Beste für das Kätzchen sein wird.

»Ich mach mich schnell fertig, dann laufe ich zu Herrn Naunheim.« Ich setze Angelo auf Emilias Schoß. »Kümmerst du dich so lange um ihn?«

Sie streichelt und herzt ihn, und als ich aus dem Zimmer gehe, sage ich: »Wir treffen uns gleich im Frühstücksraum. Haltet mir einen Platz frei.«

Emilia setzt Angelo in den Korb, und ich flitze nach draußen. Meine Füße sind dank Jakobs Pferdesalbe wieder total fit. Und diesmal habe ich auch vernünftige Schuhe an, also kann ich relativ schnell laufen, sogar mit dem Kätzchen im Korb.

Um diese Uhrzeit ist Herr Naunheim mit der Fähre unterwegs. Ich laufe also direkt zum Bootssteg – und habe Glück. Der Fährmann will gerade wieder ablegen, als er mich schwer atmend ankommen sieht.

»Aha, Frau Pempelfurt mal wieder in Aktion.« Herr Naunheim lächelt mich wohlwollend an. »Guten Morgen, junge Dame.«

»Guten Morgen.« Ich zeige auf den Korb. »Ich wollte Ihnen nur den Kater bringen, weil wir nicht wissen, was wir mit ihm während des Unterrichts anstellen sollen.«

»Das ist ja ein Ding!« Herr Naunheim kommt ans Ufer. »Dann hat Theos Plan mit den Angelschnüren also funktioniert?«

Ich mach den Korbdeckel auf. »Das ist Angelo. Und es waren Prince und Hendrik, die den Kater eingefangen haben, damit er nicht doch noch eine der Tauben erwischt.«

Ich sage das extra so, weil die beiden ja eh schon verwarnt wurden und es bestimmt hilfreich ist, wenn Herr Naunheim erfährt, dass sie auch mal was richtig Gutes gemacht haben. Ich möchte nicht daran schuld sein, wenn die beiden letztendlich doch fliegen.

Er nimmt schmunzelnd den Korb in Empfang. »Da hast du aber bei den beiden einen Stein im Brett.«

Ich würde ja eher sagen, die ganze Sache ist Teil einer Wiedergutmachungsaktion, aber das sollte Herr Naunheim lieber nicht erfahren.

»Sie haben ihn heute Morgen ganz früh schon erwischt.«

»Soso.« Herr Naunheim greift mit seiner großen Hand in den Korb und zieht Angelo heraus. »Wie siehst du denn überhaupt aus, zeig dich doch mal.«

»Maunz!«

Dem armen Angelo scheint das überhaupt nicht zu passen.

Herr Naunheim hält ihn in die Luft und inspiziert ihn von allen Seiten. »Tatsächlich, ein Kater, und zwar kerngesund.« Dann packt er ihn wieder zurück in den Korb.

»Was passiert denn jetzt mit ihm?«, frage ich.

»Tja, hierbleiben kann er ja leider nicht. Also werde ich ihn wohl ins Tierheim bringen müssen.«

»Was? Aber ...« Daran habe ich gar nicht gedacht. Der Arme! »Können Sie damit bitte bis heute Nachmittag warten? Ich frag erst mal in der Klasse nach. Oder in der ganzen Schule! Vielleicht kann ihn ja irgendjemand mit nach Hause nehmen.«

»Na gut, abgemacht.«

»Danke! Ich ... ich hab noch nicht gefrühstückt. Ich muss jetzt zurück.«

»Warte mal, Paulina, ich möchte noch ganz kurz was mit dir besprechen, zwei Minuten hast du doch noch, oder?«

»Ja, was ist denn?«

»Ich weiß, dass ihr Montagabend unten in den Geheimgängen wart. Ihr habt nämlich vergessen, die Kellertür wieder abzuschließen.«

»Äh ...« Am liebsten würde ich ihm jetzt sagen, dass

wir Mädchen nicht mit in den Geheimgängen waren, sondern nur nach Hendrik und Prince gesucht haben, aber dadurch würde ich die Jungs ja doch noch in die Pfanne hauen. Und das möchte ich nicht.

»Du musst jetzt auch gar nicht viel erklären, Mädchen. Ich wollte dich nur bitten, mal mit deinen Freunden darüber zu sprechen. Machst du das?«

Ich nicke.

»Schön, dann sag ihnen, ich weiß es. Und dass ich verstehen kann, dass ihr neugierig seid. Ich war nämlich auch mal jung. Aber die Gänge da unten sind verdammt gefährlich. Ihr könntet euch verlaufen. Und wenn ihr erst einmal feststeckt, kann es sehr ungemütlich werden. Das ist ein richtiges Labyrinth da unten.«

»Ich weiß«, rutscht es mir heraus und Herr Naunheim zieht einen kurzen Moment eine Augenbraue nach oben, sagt aber nichts dazu.

»Also, redest du mit ihnen?«

»Das mach ich. Jetzt gleich, versprochen.«

»Schön, das ist lieb von dir, Paulina. Ich weiß, dass ich mich im Ernstfall immer auf dich verlassen kann.«

Mein Bauch fängt an zu grummeln. Ich trete von einem Fuß auf den anderen. Eigentlich müsste ich ihm jetzt mehr sagen. Ich zögere und Herr Naunheim merkt das und wartet ab.

Mutsch hat mir beigebracht, dass es verschiedene Arten von Geheimnissen gibt. Die guten darf man für sich behalten, das sind die Geheimnisse, die sich auch gut im Bauch anfühlen. Zum Beispiel wenn ich ein Geschenk für meine Freundin habe oder eine andere Überraschung. Die schlechten Geheimnisse fühlen sich auch schlecht an. Man bekommt Bauchschmerzen davon. Und manchmal schläft man deswegen schlecht. Das sind die Sachen, die man weitererzählen muss, damit man Hilfe bekommt oder nichts Schlimmes passiert.

Was ist, wenn der Gang irgendwann wirklich einstürzt? Und zwar genau dann, wenn wieder ein paar Jungs oder auch Mädchen auf Schatzsuche darin unterwegs sind?

»Herr Naunheim?«

»Ja, Paulina, was gibt es denn noch?«

»Ich würde Ihnen gerne ein Geheimnis anvertrauen. Aber ohne dass irgendjemand deswegen Ärger bekommt«, sage ich. »Es ist sehr wichtig, dass Sie es wissen, sonst würde ich es nicht erzählen.«

»Einverstanden«, sagt Herr Naunheim und blickt mich verschwörerisch an. »Dann leg mal los.«

Pissnelken forever!

Im Frühstücksraum fällt mein Blick zuerst auf Prince. Wieso auch nicht? Er steht ja mitten im Weg. Und er ist nicht allein. Wie immer ist Hendrik sein Schatten. Einer der beiden ist so gut wie nie allein unterwegs.

Aber das ist ja bei Shanti und mir auch nicht anders.

Ich habe Herrn Naunheim von dem eingestürzten Geheimgang erzählt. Und von der geheimen Karte und den versteckten Eingängen. Er hat die Konsequenz gezogen und beschlossen, dass alles dichtgemacht wird. Und zwar so dicht, dass nie wieder irgendjemand da runterkommt. Zwar hat er versprochen, dass niemand von uns Ärger bekommt und er mich auch nicht bei den anderen verpfeift, dass er es von mir hat. Aber die sind ja nicht doof. Die können sich das bestimmt denken. Also kann ich es besser gleich selbst erzählen …

Ich atme tief durch, dann gehe ich auf die beiden zu. Doch als ich sehe, dass in dem Moment die Oberzicke

Fleur samt Gefolge aus der anderen Richtung auf die beiden zustolziert kommt, bleibe ich abrupt stehen.

Mist! Alle zusammen stehen sie jetzt mitten im Gang. Mit Prince und Hendrik reden kann ich so auf gar keinen Fall. Und verkrümeln kann ich mich auch nicht mehr, denn sie haben mich schon gesehen.

Ich muss definitiv an denen vorbei. Zwar könnte ich quer durch die Tischreihen gehen, aber das wäre mehr als auffällig. Jeder würde mitbekommen, dass ich ihnen aus dem Weg gehen möchte, und die Genugtuung will ich dem Grüppchen auf gar keinen Fall geben.

Ich drücke also meine Schultern nach hinten und setze meinen Weg fort.

»Morgen.« Ich will mich möglichst schnell an ihnen vorbeidrängen. Aber Prince stellt sich mir in den Weg.

»Ist alles klar mit Angelo? Deine Freundin hat mir gesagt, dass ihr ihn so genannt habt.«

»Ja, danke. Ich habe ihn zu Herrn Naunheim gebracht. Da ist er erst mal gut aufgehoben.«

Die Sache mit dem Tierheim verschweige ich lieber im Moment, sonst kommt Fleur noch auf die Idee, Angelo bei sich aufzunehmen. Und das geht gar nicht!

»Schön, das freut mich, echt.«

Prince rührt sich nicht vom Fleck. Was will der denn noch? Und zu allem Übel quatscht mich nun Fleur auch noch von der Seite an. So gute Laune habe ich dann doch wieder nicht, dass ich mich ausgerechnet mit der so früh am Morgen unterhalten will.

»Das ist nicht wahr«, flötet sie. »Dann gibt es die Miezekatze also wirklich?« Sie dreht sich zu Adriana um. »Hast du das gehört?«

Adriana schweigt. Ob sie sich kein bisschen schämt? Sie hat Emilia schließlich völlig ungerechtfertigt verdächtigt.

»Es ist ein Kater«, sage ich barsch. »Wir können ja einen Test machen lassen, ob die Haare von ihm sind. Was meinst du, Adriana?«

»Ich habe mich bei Emilia entschuldigt«, sagt sie.

»Ja, du machst es dir echt einfach. Du entschuldigst dich und damit ist die Sache für dich erledigt. Vielleicht solltest du dir zur Abwechslung mal was anderes einfallen lassen. Eine ehrlich gemeinte Wiedergutmachung zum Beispiel. Du könntest ihr auch mal einen Gefallen tun.«

Den Spruch konnte ich mir nicht verkneifen, obwohl ich weiß, dass er wahrscheinlich sowieso nichts bringen wird. Adriana wird sich genauso wenig ändern wie Fleur. Pissnelken forever!, denke ich. Sollen sie doch so ätzend bleiben.

»Ach, lassen wir doch jetzt diese ernsten Themen«, sagt Fleur. »Sag mal, habt ihr euch eigentlich schon was für die Abschlussfeier überlegt?«

Meine erste Reaktion ist, ihr zu sagen, dass sie das ja mal so was von überhaupt nichts angeht. Aber sie wird es bald sowieso erfahren, also kann ich es auch gleich sagen.

»Eine Modenschau.«

»Was?« Fleur reißt die Augen auf.

»Dann könnt ihr ja all die wunderschönen Kleider von Emilia tragen.« Adriana lächelt mich süßlich an.

Die hat wirklich nichts dazugelernt. Sie ist noch fieser als Fleur. Wow!

»Stell dir mal vor, das machen wir auch! Wir tragen Emilias Kleidung.« Am liebsten würde ich Adriana jetzt auf den Mond schießen. Der Gedanke gefällt mir und ich muss grinsen. Adriana, auf immer herumschwebend im endlosen Weltall.

»Und, willst du gar nicht wissen, was wir uns überlegt haben?«, fragt Xenia.

»Nein«, antworte ich, aber das interessiert die blöden Zicken gar nicht.

»Eine Disco!« Fleur strahlt über das ganze Gesicht. »Das wird so was von cool! Wir dürfen auch andere Schüler dazu einladen, das haben wir mit Frau Sauerbrei schon abgeklärt.« Sie dreht sich zu Prince und Hendrik. »Ihr kommt doch auch, oder?«

»Klar«, sagt Hendrik. »Wenn es was zu feiern gibt, dann sind wir immer dabei.«

Adriana klimpert ihn mit den Augen an. »Oh, da freue ich mich aber.«

Würg! Die steht auf den, wie kann man nur!

»Sag mal, Paulina«, wendet sich Hendrik da an mich. »Wie heißt noch mal die Kleine, die jetzt bei euch auf dem Zimmer ist?«

»Emilia«, sage ich. »Warum?«

Ich mache mich schon auf ein Streitgespräch gefasst, falls jetzt ein blöder Spruch über sie kommt, aber Hendrik überrascht mich total.

Er grinst frech und sagt: »Weil sie mir schon mal einen Tanz reservieren kann.«

Schnappatmung um mich herum! Ich kann es ganz genau hören. Fleur, Adriana und Xenia. Chiara hält sich aus allem raus. Ich glaube, sie ist auf dem falschen Zimmer gelandet.

Wie cool ist das denn? Jetzt habe ich gar nicht mehr das Bedürfnis, schnell wegzukommen. Im Gegenteil, ich genieße das kleine Schauspiel, das hier gerade stattfindet.

»Da hast du leider Pech gehabt, Hendrik«, sage ich lächelnd. »Emilia ist schon vergeben.«

»Was, dieeeeeeee?« Adriana kollabiert fast.

Und Fleur? Ich nehme alles zurück. Sie ist doch noch

schlimmer als Adriana. Sie grinst nämlich hämisch, weil sie sich freut, dass Adriana bei Hendrik nicht landen kann.

Oh Mann, bin ich froh, dass ich echte Freundinnen habe und nicht so falsche wie die hier.

»Sorry, Leute, dass ich mich einmische, aber ich glaube, hier liegt ein Irrtum vor.« Jetzt schaltet Prince sich auch noch in die ganze Sache ein.

Ich bin gespannt, was er zu sagen hat.

»Ich weiß nämlich, wer Emilia ist, und deswegen weiß ich auch, dass Hendrik die andere meint. Die mit den langen Haaren und dem kurzen Pony.«

»Graziella?«, kreischen Adriana, Fleur und Xenia gleichzeitig.

Das wird ja immer besser!

»Ja, da hast du Glück, Hendrik. Die ist noch zu haben.« Ich deute mit dem Kopf rüber zu dem Tisch, an dem meine Freunde warten. »Da drüben sitzt sie übrigens. Frag sie doch einfach selbst. Oder traust du dich vielleicht nicht?«

»Gute Idee! Ich bin gleich zurück.« Hendrik macht sich schon auf den Weg.

Wir beobachten, wie er vor unserem Tisch haltmacht, die Hände tief in den Hosentaschen vergraben, und meine Freunde ihn anstarren, während er auf Graziella einredet.

Als er zu uns zurückkommt, grinst er so was von fett, dass allen klar ist, was sie geantwortet haben muss.

»Gut gemacht, Alter!« Prince klopft seinem Kumpel auf die Schulter.

»Aber du hältst mir doch ein Tänzchen frei, nicht wahr, Prince?«, fragt Fleur ihn mit ihrer süßesten Zuckerstimme.

Prince jedoch hat nur Augen für mich.

Die Gänsepelle kündigt sich wieder an. Und diesmal auch ein kleines dumpfes Gefühl im Bauch.

Wenn er Fleur jetzt einen Tanz verspricht, während ich hier dabeistehe, dann will ich nie wieder was mit ihm zu tun haben. Dann lasse ich ihn wirklich bei nächster Gelegenheit im dunklen Keller versauern, und zwar für immer und ewig!

»Tja«, sagt er da, »da musst du wohl Paulina fragen, ob sie dir einen abgibt. Ich habe ihr nämlich jeden Tanz versprochen.«

»Was? Das geht doch gar nicht!«, moppert Xenia sofort los. »Wir haben euch doch eben erst erzählt, dass wir eine Disco veranstalten! Das könnt ihr noch gar nicht ausgemacht haben.«

»Schon mal was von Telepathie gehört?« Prince sieht mich noch immer mit seinen dunklen Augen an. »Was ist, Paulina, darf ich mit Fleur tanzen?«

Das soll ich jetzt entscheiden, oder was? Spinnt der? Der darf tanzen, mit wem er will!

Alle starren mich an. Und dann weiß ich auch warum.

Der will, dass ich Nein sage, weil ich dann nämlich kundtue, dass ich auf ihn stehe. Und zwar vor Zeugen!

»Also, wenn es nach mir geht ... «

Ich komme nicht mehr dazu, den Satz auszusprechen, denn Fleur mischt sich wieder ins Geschehen ein.

»Auf so einen Kinderkram habe ich absolut keine Lust, Prince. Du glaubst doch nicht ernsthaft, dass ich ausgerechnet Paulina um Erlaubnis frage. Vergiss es einfach!«

Ich atme erleichtert auf. Manchmal erledigen sich Probleme von ganz allein.

Fleur lässt noch einen letzten theatralischen Seufzer von sich, dann sagt sie zu den anderen Zimtzicken: »Kommt, wir gehen. Lasst uns die Jungs aus der neunten Klasse fragen, die sind besser drauf als diese beiden kindischen Idioten.«

Ich reibe mir über den Unterarm. Da ist noch immer Gänsehaut. Das blöde Gefühl in meinem Bauch jedoch verflüchtigt sich in dem Moment, da Fleur beleidigt abdampft. In Wahrheit hätte es mir nämlich überhaupt nicht gefallen, wenn Prince mit ihr getanzt hätte. Und deswegen wollte ich vorhin auch sagen, dass sie sich gefälligst einen anderen Tänzer suchen muss ...

»Wie wär denn deine Antwort gewesen?«, fragt Prince und dummerweise werde ich ein bisschen rot.

»Hättest du denn mit ihr tanzen wollen?«, frage ich zurück.

Prince lächelt mich an. »Das weißt du doch, oder?«

»Äh, ja, nein … Ich weiß nicht.« Auf einmal will ich einfach nur noch ganz schnell weg hier. »Ich geh jetzt mal frühstücken.« Ich drehe mich um und eile zu meinen Freunden.

Da fällt mir ein, dass ich den beiden gar nichts von meinem Gespräch mit Herrn Naunheim erzählt habe, wie ich es schließlich vorhatte. Das habe ich in der ganzen Aufregung glatt vergessen.

Aber so viel steht schon mal fest: Wenn Prince erfährt, dass ich die Sache mit dem Geheimgang verraten habe, dann will er sowieso nichts mehr mit mir zu tun haben. Na ja, denke ich, das wär auch kein Wunder.

Er ist halt ein absoluter Vollhorst. Und wird es auch bleiben.

Tanz mit mir, Paulina!

Was für ein Tag!

Ich bin vor die Klasse getreten und habe gefragt, ob jemand sich um den Kater kümmern könnte oder eine Idee hat, wie man ihn unterbringen kann. Da hat Jakob sich gemeldet und gesagt, dass er ihn auf das Weingut seiner Eltern bringen könnte, wo er es bestimmt gut haben würde, weil es da eine ganze Menge fetter Mäuse geben würde. Mann, was war ich da erleichtert. Und Emilia erst! Jakob ist jetzt der absolute Held für sie. Und das kann ich auch verstehen.

Ich wäre fast umgekippt vor Freude, als er das gleich in der Pause noch mit seinen Eltern geklärt hat. Schon am nächsten Wochenende will er Angelo mit zu sich nach Hause nehmen.

Und dann habe ich meinen Freunden erzählt, dass ich mit Herrn Naunheim über den Geheimgang gesprochen habe.

Theo hat zwar im ersten Moment etwas entsetzt dreingeguckt, aber dann hat er mir auf die Schulter geklopft. »Gut gemacht, Pempelfurz. Ehrlich gesagt wäre ich da sowieso nicht mehr runter. Ich hab ja immer Lust auf ein Abenteuer, aber verschüttet werden, das will ich echt nicht.«

Auf jeden Fall waren sich alle einig. Und keiner war sauer auf mich. Und der Oberhammer war, als Valentina plötzlich aufbrachte, dass der Schatz wahrscheinlich sowieso irgendwo oben auf der Insel zu finden sei, vielleicht sogar im Schloss. In ihrer Heimat jedenfalls gäbe es dieses Gerücht.

Ich weiß nicht, ob Valentina da ein bisschen geflunkert hat, einfach nur um die Jungs zu trösten, oder ob die Sache einen Funken Wahrheit enthält. Aber das ist ja auch egal. Jedenfalls sind die Verrückten drauf angesprungen und wollen sich möglichst bald schon auf die Suche machen.

Hihi, vielleicht ist der Schatz ja in Pinguins Zimmer versteckt. Die würde Augen machen!

Ich habe von irgendwelchen Abenteuern in unterirdischen Gängen erst einmal genug. Mir ist noch ganz schwindelig von dem letzten. Das kann aber auch daher kommen, dass ich ein bisschen verwirrt bin wegen der Nummer heute Morgen im Frühstücksraum.

Ich kann schon den ganzen Tag nichts essen vor Aufregung wegen der Sache um den Tanz in der Disco. Die anderen haben zum Glück nichts gemerkt, weil sie viel zu sehr damit beschäftigt waren, Hendriks Auftritt zu beobachten. Er hat Graziella einfach erzählt, dass auf der Abschlussfeier eine Disco stattfindet, und sie gefragt, ob sie mit ihm tanzen möchte.

Graziella muss total cool reagiert haben. Sie hat einfach nur »Geht klar, *va bene!*« geantwortet. Und damit war die Sache erledigt.

Es geht also alles auch total einfach. Jakob freut sich darauf, mit Emilia zu tanzen, Hendrik mit Graziella.

Aber warum muss bei mir bitte schön alles so verdammt kompliziert sein?

Prince hat alle seine Tänze für mich reserviert. Aber er weiß ja auch noch nicht, dass ich ihn verpfiffen habe.

Wahrscheinlich wird er nie wieder ein Wort mit mir reden, wenn er das erfährt. Das wäre wahrscheinlich auch am besten, denn wenn er nach wie vor mit mir tanzen will, ist die Sache noch schlimmer. Ich kann nämlich überhaupt nicht tanzen! Das hat was mit Rhythmusgefühl zu tun und das fehlt bei mir. Das ist ganz genauso wie mit der Singerei. Es geht gewaltig schief, wenn ich mich daran versuche. Ganz ehrlich, ich sehe schrecklich aus, wenn ich so ungelenk rumzapple.

Was kann ich also machen? Hier muss ein Notfallplan her. Nur für den Fall, dass er sich aus irgendeinem Grund nicht davon abbringen lässt, mit mir zu tanzen.

Ich könnte den Zustand meiner Füße vorschieben. Schließlich haben alle mitbekommen, dass ich sie mir wund gelaufen habe und sie sozusagen schon fast abfallen. Plötzliche Übelkeit wäre auch nicht schlecht. Aber dann könnte ich auch bei der Modenschau nicht dabei sein. Und das wäre verdammt schade. Wir haben nämlich heute den ganzen Nachmittag und fast den kompletten Abend damit verbracht, alles noch rechtzeitig fertig zu kriegen, damit wir uns morgen nur noch um die Deko in der Aula kümmern müssen. Unsere Kollektion ist total schön geworden. Wir nennen sie *Emilias Hippiestyle*. Und wir sind alle schon voll gespannt, wie die Sachen ankommen werden.

Genau genommen habe ich also gleich zwei Probleme. Ich kann nicht tanzen und auf dem Laufsteg rumeiern ist auch nicht gerade meine Stärke.

Wir haben Lizzys Tipp befolgt und uns noch mal ein paar Ausschnitte aus *Mamma Mia* auf *Youtube* angesehen. Alle fanden die Musik von ABBA total passend. Und so wollen wir sie im Hintergrund laufen lassen, während wir unsere Kollektion präsentieren und uns zur Musik dahinbewegen.

Muaaaaaaaaaaaaaaah! Das wird was geben. Ich mache eine Million Kreuze, wenn ich das überstanden habe.

Vorhin habe ich mindestens eine halbe Stunde mit Kira telefoniert. Die hat versucht, mich zu beruhigen, aber als das nicht funktionierte, hat sie angeboten, mit

Luca und Noah auf die Insel zu kommen, um mir beizustehen. Zutrauen würde ich es denen, das haben die ja schließlich schon einmal gebracht! Aber dann würden Kira und die Jungs ganz sicher Ärger bekommen. Deswegen habe ich ihr versprochen, alles ganz ruhig angehen zu lassen und erst mal wieder runterzukommen.

Ha, leichter gesagt als getan. Ich habe alles versucht! Zuerst habe ich eine dicke Scheibe Toast mit Schokocreme und Bananenscheiben verdrückt. Die hat Shanti extra für mich aus der Küche organisiert. Das hilft normalerweise immer, gegen alles! Aber diesmal nicht. Mir ist nur schlecht dabei geworden. Also habe ich einen kleinen Spaziergang zu Graf Dracula unternommen und mich danach ganz allein für ein paar Minuten in die Kapelle gesetzt. Aber dabei ist mir eingefallen, dass Prince und Hendrik da unten im Keller festhingen. Und dass ich Prince einmal hier getroffen habe und er hat so verdammt traurig ausgesehen. Ich weiß eigentlich immer noch nicht, warum.

Nachdem das alles auch nicht geholfen hat, habe ich dann was ganz Verrücktes gemacht. Ich habe Shanti gebeten, mir die Sache mit dem »Ommmmmm« beizubringen. Und weil die anderen Mädchen auch ein bisschen aufgeregt waren wegen der bevorstehenden Modenschau, haben sie mitgemacht. Wir haben also alle draußen auf der Wiese

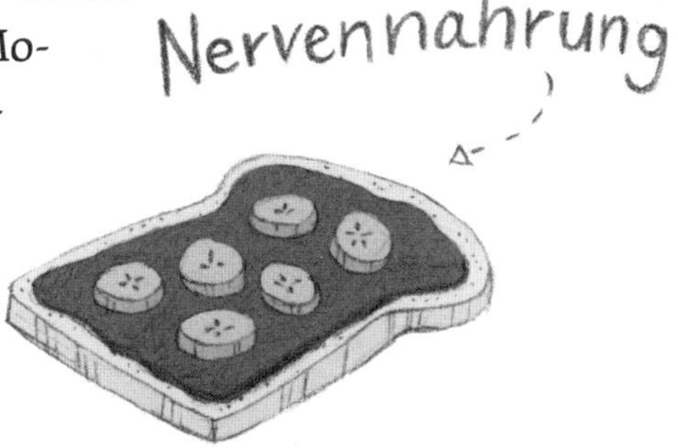

gesessen und haben gebrummt wie ein ganzer Bienenschwarm. Und dann haben wir meditiert, mit geschlossenen Augen, na ja, zumindest habe ich es versucht. Allerdings hatte ich die ganze Zeit Besuch von einer fetten Schmeißfliege. Und die finde ich total ekelig. Das blöde Vieh hat sich ständig auf mich draufgesetzt, einmal sogar mitten auf meine Nase. Wie hätte ich da ruhig bleiben sollen?

Was soll ich sagen: Ich bin kurz vorm Durchdrehen!

»Wisst ihr, was wir jetzt machen?«, fragt Shanti und gibt die Antwort gleich selbst. »Wir üben tanzen.«

»Das ist eine tolle Idee!«, ruft Graziella.

Und Emilia ist natürlich auch mit von der Partie.

Sie warten gar nicht ab, was ich dazu zu sagen habe, sondern schieben einfach die Gästebetten zur Seite und machen die Musik an.

Shanti streckt den Arm nach mir aus.

Das kann sie nie im Leben ernst meinen. Da läuft gerade das absolute Schmuselied. Die glaubt doch nicht wirklich, dass ich mit ihr einen auf Kuscheltanzen machen werde.

»Jetzt komm schon, Paulina!«

»Was soll das? Nein!«

»Boah, stell dich nicht so an. Wenn du nicht freiwillig kommst, dann holen wir dich!«

Graziella und Emilia kommen prompt auf mich zu und fassen nach meinen Händen. Und dann ziehen sie mich in die Mitte unseres Zimmers, auf die Tanzfläche.

»Und jetzt mach die Augen zu und beweg dich einfach ein bisschen zur Musik.«

Aber das kann ich nicht. Ich weigere mich, weil nämlich auch noch ein Lied von Justin Bieber läuft. Das muss sogar Shanti verstehen, dass da bei mir gar nichts mehr geht.

Sie sieht es mir an, denn sie sagt: »Okay, ich mach was anderes an, aber du musst mir versprechen, dass du es dann wenigstens einmal versuchst.«

»Na gut.« Es bleibt mir eh nichts anderes übrig.

Das nächste Lied kenne ich nicht, aber es ist auch wieder so eine langsame Schmonzette.

Shanti grinst mich an. »Jetzt komm schon, Pempelfurz!«

Wenn das Kira sehen könnte! Ich tanze, und zwar freiwillig! Na ja, fast zumindest ... Eng umschlungen mit Shanti und ich finde es zu meiner Überraschung gar nicht mehr schlimm. Ich trete ihr auch nicht auf die Füße, weil wir uns nur ganz langsam durch den Raum bewegen und uns eigentlich kaum vom Fleck rühren.

»Siehst du, geht doch!« Shanti löst sich von mir. »Und jetzt ein schnelleres Lied. Das hat den Vorteil, dass du allein tanzen kannst.« Sie kichert. »Es sei denn, du willst die ganze Zeit an Prince festkleben.«

»He, das will ich nicht!«

Mein Widerstand ist zwecklos. Und so konzentriere ich mich auf das Lied. Wenigstens kenne ich es. Katta hört es zu Hause auch immer und rockt wie eine Blöde dabei rum. Und sie kommt sich noch nicht einmal blöd vor, wenn sie das macht. Auch wenn es mitten in der Küche ist, weil das Lied zufällig im Radio gespielt wird.

Vielleicht sollte ich mir zumindest in der Beziehung auch mal eine Scheibe abschneiden, und zwar von meiner Schwester! Ist doch egal, was die anderen von mir denken. Ich tanze jetzt!

Und nachts tanze ich im Traum weiter.

Aber diesmal bin ich eine Prinzessin in einem pinkfarbenen Hochzeitskleid. Ich dreh mich im Kreis, immer schneller und schneller. Mein Kleid bauscht sich unten am Rock wellenförmig auf. Das sieht zwar unheimlich kitschig, aber auch irgendwie sehr schön aus.

Dann betritt plötzlich Prince den Raum. Er trägt einen pechschwarzen Anzug mitsamt Frack und darüber einen violetten Umhang.

»Tanz mit mir, Paulina«, sagt er und kommt auf mich zu. Und da kann ich seine langen spitzen Eckzähne sehen. Er ist kein Prinz, er ist ein Vampir. Und er will mich beißen. Schon kann ich seine eiskalten dünnen Finger auf meinem Hals spüren …

Schweißgebadet wache ich auf. Ich brauche eine Zeit lang, bis ich mich beruhige, und kann dann lange nicht mehr einschlafen. Und genau deswegen bin ich am nächsten Morgen wieder total müde, als Shanti uns wach brummt.

Aber das lasse ich mir diesmal nicht anmerken. Sonst müsste ich womöglich noch erzählen, warum ich so gerädert bin. Meinen Traum möchte ich lieber für mich behalten.

Wir sind alle total aufgeregt! Heute ist unser großer Tag. An Unterricht war absolut nicht zu denken. Niemand konnte sich konzentrieren. Zum Glück fallen die Schülerfirmen jetzt am Nachmittag aus, weil wir noch die Deko für die Aula organisieren müssen. Und das ist auch gut so. Im Schreiblabor sitze ich nämlich neben Prince. Und da wäre ich heute bestimmt einfach so vom Stuhl gefallen. Oder irgendwas anderes Blödes wäre passiert.

Es ist also besser, wenn er mir heute erst einmal nicht über den Weg läuft, damit ich nicht daran erinnert werde, dass ich am Abend mit ihm tanzen muss. Wenn er das überhaupt noch will. Er hat nämlich mittlerweile ganz bestimmt mitbekommen, dass es auf meinem Mist gewachsen ist, wenn nun Sicherheitsschlösser an der Kapelle angebracht sind. Aber daran möchte ich lieber gar nicht denken. Deswegen ist es auch gut, dass wir so viel zu tun haben.

Miu beweist auch bei den Dekorationsfragen ihr Organisationstalent. Sie hat von Frau Sauerbrei die Erlaubnis bekommen, dass wir im Kunstraum unsere

Deko basteln dürfen. Miu hat vorgeschlagen, aus dicken Pappen riesige Blumen zu basteln, die wir gerade kunterbunt anmalen. Und natürlich gestalten wir auch das eine oder andere Peace-Zeichen – und ein paar knallige überdimensional große Herzen, die wir an langen bunten Schnüren von der Decke baumeln lassen wollen. Die Jungs haben angeboten, uns beim Aufbauen und Anbringen der Kunstobjekte zu helfen.

Ich bepinsele gerade die letzte Fläche meines Pappherzens mit pinker Farbe, als die Tür aufgestoßen wird. Die Schülerfirmen sind zu Ende. Theo und Co schlagen bei uns auf. Ich mache einen langen Hals, um schnell abzuchecken, ob Prince auch dabei ist, aber ich kann ihn nicht entdecken. Ob er überhaupt heute Abend kommen wird? Mein Bauch grummelt ein bisschen und ich seufze leise.

»Was ist?«, fragt Shanti.

»Ach, ich habe Lampenfieber«, antworte ich. Das ist nicht mal geflunkert. Ich bin wirklich höllisch aufgeregt, und zwar wegen allem. Ich hoffe wirklich, dass die Modenschau gut geht und ich nicht stolpere oder gleich komplett von der Bühne knalle. Und dann die Sache mit Prince. Eigentlich finde ich ihn immer noch total unmöglich. Aber ich muss die ganze Zeit an ihn denken!

Zum Glück klatscht in dem Moment Miu auffordernd in die Hände. »Gut gemacht, Mädels. Und jetzt ab in die Aula.« Sie zeigt auf die Jungs. »Ihr besorgt eine Leiter, Hammer und so ein Zeug. Wir treffen uns dann da.«

»Alles klar, Chefin!«, sagt Theo.

Da die Zeit recht knapp ist, scheucht Miu uns ordentlich durch die Gegend, damit auch alles an seinen richtigen Platz kommt. Aber es lohnt sich. Als wir endlich fertig sind, sieht die Bühne aus wie ein wunderschöner Blumengarten im Hippiestyle. Auf dem Boden wachsen nun knallbunte Blumen. Die Jungs haben aus Holzleisten Ständer gebaut, damit die Papppflänzchen aufrecht stehen. Von der Decke baumeln die Herzen und die Peace-Zeichen.

»Perfekt!« Ich lasse mich erschöpft auf den Boden sinken, lege mich lang auf den Rücken und schaue in den Hippie-Himmel.

»*Molto bello*«, seufzt Emilia, da kommt mir plötzlich eine Idee.

»Wir müssen schnell noch zwei große Herzen bemalen. Eins mit den Farben der italienischen Flagge, das andere in den Farben Deutschlands!«

»Gute Idee!« Shanti springt sofort auf, aber Sam hält sie zurück.

»Lass mal, Schwesterchen, das machen wir. Ich glaub,

ihr müsst euch noch ein bisschen aufhübschen und die ganzen Klamotten hierherschaffen.«

»Ihr wollt die Herzen für uns bemalen?«, frage ich skeptisch.

»Warum denn nicht? Wir sind gut in Herzensangelegenheiten.« Dabei fällt Jakobs' Blick auf Emilia.

Oh Mann, mit den Italienerinnen ist wohl auch Amore auf unserer Insel gestrandet.

»Gute Idee! Ihr macht das«, entscheidet Miu. »Und wir stylen uns ein bisschen, damit wir pünktlich zur Show fertig sind. Wir treffen uns dann alle wieder hier!«

»Du bist dran!«

Shanti schubst mich raus auf die Bühne, die wir als Laufsteg benutzen. Ich muss aufpassen, dass ich mich zwischen den bunten Pappblumen einigermaßen elegant hindurchschlängele, dass ich nicht hinfalle und mich annähernd rhythmisch zur Musik bewege.

Dabei denke ich mit klopfendem Herzen fest an Katta: Es ist egal, was die anderen von mir denken.

»Yeah!«

Ich strecke einen Arm nach oben in die Luft und drehe mich um die eigene Achse. Dabei treffe ich das italienische Herz, das die Jungs einwandfrei hinbekommen haben. Es baumelt ein wenig hin und her, aber zum Glück fällt es nicht herunter.

Die kleine Aktion scheint den Zuschauern zu gefallen, besonders den italienischen Mädchen.

»Italia!«, höre ich eine schrille Stimme rufen.

Ob das etwa Adriana war?

Ich traue mich nicht, in den Zuschauerraum zu schauen, denn ich muss mich auf meinen Lauf konzentrieren, sonst mache ich am Ende doch noch die Biege.

Ich marschiere den Laufsteg entlang, um mein absolut geniales Hippie-Outfit zu präsentieren. Ich habe eine knallenge Jeans an, mit weitem, fransigem Schlag. Dazu trage ich ein schlichtes enges T-Shirt und darüber das

megacoole ärmellose Hippie-Outfit, das Miu entworfen hat. Den krönenden Abschluss bildet das Stirnband mit den tollen Verzierungen, das locker auf meinen offenen Haaren sitzt.

Ich bewege mich tanzend bis vorn an den Bühnenrand und traue meinen Ohren kaum. Der Saal jubelt und klatscht. Ich bleibe einen Moment am Rand stehen, so wie die echten Topmodels das auch immer machen. Jetzt traue ich mich auch, einen Blick in den Zuschauerraum zu werfen. Frau Kuhn und Herr Naunheim fallen mir in der ersten Reihe ins Auge, auch sie applaudieren, ich kann es ganz genau sehen.

Sicher und für meine Verhältnisse leichtfüßig bewege ich mich wieder zurück. Und nein, ich falle weder von der Bühne noch auf die Nase. Ich zieh das Ding mit Bravour durch!

Genauso wie meine Freundinnen. Wir sind so was von genial. Wir sind die Besten!

Unsere Show ist ein voller Erfolg. Alle sind begeistert von *Emilias Hippiestyle.* Es gibt sogar ein paar Mädchen aus den höheren Klassen, die uns das eine oder andere Teil abkaufen wollen. Aber sie sind unverkäuflich, wir behalten sie für uns. Nur Lizzy bekommt wie versprochen feierlich ein Haarband überreicht. Und einen Teil der Klamotten nimmt natürlich Emilia mit nach Hause. Die Abfahrt der Italienerinnen ist schon morgen, aber daran wollen wir im Augenblick nicht denken …

Jetzt geht es erst mal ab in die Disco. Dabei muss ich

neidlos gestehen, dass die Räumlichkeiten echt gut gewählt wurden: Die Party findet nämlich in der Folterkammer statt. Ist das nicht irre? Wie die anderen das nur hingekriegt haben!

Als ich nach unten gehe, laufe ich Fleur über den Weg. Ich hab noch immer die Klamotten von vorhin an.

Sie betrachtet mich von oben bis unten und sagt zu meiner Überraschung: »Da hast du wirklich mal eine gute Idee gehabt. Die Sachen sind super geworden.«

Ich kann es nicht fassen! Fleur scheint es ernst zu meinen. Also bin ich auch mal nett und antworte im Gegenzug: »Dafür war deine Idee mit der Location hier richtig genial.«

In einer echten Feindschaft darf man sich ruhig auch mal Komplimente machen. Das sieht Fleur anscheinend genauso.

Als Adriana um die Ecke kommt, schüttelt Fleur kaum wahrnehmbar den Kopf. »Mit der hast du mich ganz schön ausgetrickst. Du wusstest, wie sie ist, und hast sie mir voll aufs Auge gedrückt.«

»Na ja, irgendwie schon«, gebe ich zu. »Aber ich wollte auch Emilia helfen. Graziella und sie sind schließlich befreundet.«

Fleur lächelt und sieht dabei richtig nett aus. »Na dann«, sagt sie. »Viel Spaß in der Disco.«

Die Party ist voll im Gange. Meine Freunde sind schon auf der Tanzfläche. Ich sehe mich in der Folterkammer um.

Prince lehnt lässig an der Wand und beobachtet das Geschehen. Als sich unsere Blicke kreuzen, kommt er auf mich zu und nimmt meine Hand. Einfach so, ohne zu fragen.

Er lächelt mich an. »Da bist du ja endlich. Ich hab schon die ganze Zeit auf dich gewartet.«

Gut, dass es relativ dunkel ist. Die Fackeln erhellen die Kammer nur spärlich und ich laufe an wie eine rote Tomate. Meine Hand fühlt sich total warm an und fängt an zu kribbeln.

»Ich hab eben noch kurz mit meiner Freundin aus Bottrop telefoniert«, erkläre ich. »Ich musste ihr wenigstens schnell erzählen, dass alles gut gelaufen ist.«

Ich habe Kira auch versprochen, ihr heute unbedingt noch zu erzählen, wie das Ding mit Prince ausgegangen ist. Sie lässt extra heimlich ihr Handy an, damit ich sie notfalls auch noch spät anrufen kann.

»Ich hab schon gedacht, du willst mich vielleicht gar nicht sehen.« Prince hält immer noch meine Hand.

»Und ich habe befürchtet, du bist sauer auf mich«, erkläre ich.

»Quatsch, warum sollte ich?«

»Du weißt schon, wegen des Geheimgangs und so.«

Prince drückt meine Hand. Die explodiert bestimmt gleich, sie ist mittlerweile richtig heiß. Hoffentlich fange ich nicht an zu schwitzen, denke ich.

»Nein, ich bin nicht sauer. Ich fand dich total süß, wie du da in deinem niedlichen Strampelanzug am Fenster gestanden hast und dich so fürchterlich über unsere Aktion aufgeregt hast.«

Oh nein! Wie peinlich ist das denn? Der hat mich im Schlafanzug gesehen! Wo ist das Loch, in das ich springen kann, damit mich niemand mehr sieht, vor allen Dingen aber Prince nicht?

Der scheint sein Lächeln gar nicht mehr abzustellen. »Du hast dir Sorgen um mich gemacht. Stimmt doch, oder?«

»Nein!«, sage ich. Und nach einer Weile: »Okay, ich gebe es zu. Ein bisschen schon.«

»Das gefällt mir«, flüstert Prince ganz nah an meinem Ohr und meine Beine fühlen sich auf einmal wackelig an. »Es gibt niemand, der sich wirklich um mich sorgt, außer meiner Oma.«

»Und deine Eltern?«, frage ich.

»Ich habe nur noch meinen Vater«, sagt Prince mit rauer Stimme. »Und der ist streng, sehr streng.«

Deswegen wirkt Prince manchmal so traurig!

»Das tut mir sehr leid«, flüstere ich und fange fast an zu heulen. »Ich wünsche mir, dass es dir gut geht.«

»Es geht mir gut, wenn du jetzt mit mir tanzt.« Prince lächelt mich an.

Das Lied ist viel zu schnell für einen Kuscheltanz. Doch er zieht mich noch näher zu sich ran und legt seine Arme um mich.

Und plötzlich sind sie einfach da, die Schmetterlinge im Bauch.

Der Moment ist nur ganz kurz, dann lösen wir uns und tanzen allein weiter, jeder für sich.

Prince hat überall Glitter auf seinem Shirt. Den hat er von meinem Oberteil abbekommen. Irgendwie finde ich es total schön, dass da etwas von mir zu ihm übergegangen ist, und ich muss daran denken, wie es sich eben angefühlt hat, so ganz nah bei ihm zu sein.

Ist das nicht verrückt, wie das alles gekommen ist?

Ich werfe einen Blick auf meine Freunde.

Theo hat einen echt schrägen Tanzstil drauf. Er wackelt ganz komisch mit seinem Kopf und seine Füße springen im Viereck hin und her. Sam und Clemens zappeln auch lustig vor sich hin, sie scheinen eine Menge Spaß dabei zu haben. Lennart tanzt verdächtig nah um Shanti herum, die schaut ihm hinterher und zeigt ihm ihr schönstes Honigkuchenpferdlächeln.

Von Hendrik bin ich echt beeindruckt. Er kann verdammt gut tanzen, auch der grazilen Graziella gefällt das offensichtlich. Er ist ja auch ansonsten sehr musikalisch und spielt Klavier. Zum ersten Mal finde ich ihn richtig sympathisch.

Und Emilia? Die schwebt auf Wolke sieben! Gemeinsam mit Jakob, der sie nicht aus den Augen lässt und ihre Hand fest im Griff hat.

Das wird morgen ein Abschied werden …

»Was ist?«, fragt Prince und wanzt sich wieder verdächtig nah an mich heran, sodass ich seinen Atem spüren kann.

Und als ich ihn nur anlächle, sagt er: »Du siehst übrigens toll aus in deinem Hippie-Outfit!«

Genau in dem Moment wechselt die Musik.

Es ist ein Schmusesong. Ausgerechnet von Justin Bieber! Aber das ist mir so was von egal.

»Auf den Tanz habe ich schon die ganze Zeit gewartet«, flüstert Prince.

Ich schließe die Augen und lasse mich von ihm über die Tanzfläche führen. Und ich vergesse alles um mich herum.

»Geht es dir gut, Paulina?«, fragt Prince, als der Tanz nach einer gefühlten Ewigkeit vorbei ist und ich ein wenig schwanke, als er mich loslässt.

»Ja, mir geht es gut«, sage ich.

Und zwar so was von gut.

Alles hat irgendwann ein Ende. Noch so ein schlauer Spruch von meiner Oma.

Ich schniefe und wische mir die Tränen weg, als Emilia zu den anderen auf die Fähre steigt. Die Zeit ist viel zu schnell vergangen. Fünf Tage waren eindeutig zu kurz. Ich werde Emilia ganz doll vermissen.

Alle winken sich zu. Die Deutschen den Italienerinnen und umgekehrt.

»Denk an die Polpette!«, rufe ich laut, als das Boot

langsam über den Rhein tuckert. Aber Emilia versteht mich nicht. Die Fähre ist schon zu weit weg.

Ich reiße meinen Arm nach oben und bilde aus Zeigefinger und Daumen einen Kreis. »Pol-pet-te!«, brülle ich.

Als dann Emilias Arm nach oben schnellt und sie das gleiche Zeichen macht, weiß ich, dass sie mich verstanden hat.

Noch ein letztes Mal winke ich ihr zu, dann mache ich mich mit meinen Freundinnen auf den Weg zurück zum Schloss.

»Jakob hat Emilia geküsst«, sagt Miu plötzlich. »Ich hab das ganz genau gesehen.«

»Was?«, ruft Shanti. »In echt jetzt?«.

»So richtig auf den Mund?«, fragt Larissa ganz neugierig. »Oder so wie die italienischen Mädchen sich ständig auf die Wangen knutschen, zur Begrüßung und so.«

»Auf den Mund!«, sagt Miu. »Vor dem Engelsbrunnen, als die beiden sich verabschiedet haben. Jakob hat mit seinen

Händen Emilias Gesicht umfasst und dann hat er sie geküsst.«

»Wie romantisch!«, seufzt Shanti. Dann schubst sie mich an. »Was ist, du sagst ja gar nichts mehr.«

Ich laufe sofort an wie eine überreife Tomate. Meine drei Freundinnen bleiben vor mir stehen und starren mich an.

»Hat Prince dich etwa auch …?«, fragt Shanti.

Ich schüttele vehement den Kopf.

»Und warum wirst du dann so rot?«, fragt Miu.

»Na, weil sie sich bestimmt wünscht, dass er sie irgendwann auch küsst, oder Paulina?« Larissa grinst mich an.

»Quatsch!«, sage ich. Aber dann gebe ich es doch zu. »Na ja, vielleicht ein bisschen.«

»Oh, wie aufregend. Dann musst du uns aber ganz genau erzählen, wie sich das anfühlt, ja?« Miu sieht mich mit ihren großen dunklen Augen an.

»Okay, abgemacht«, sage ich.

Da fängt Shanti plötzlich an zu kichern.

»Was ist?«

»Ich weiß auch nicht so genau. Es ist nur … weil alles so aufregend ist. Immer passiert irgendwas. Es ist einfach total schön hier.«

Shanti hört gar nicht auf zu lachen. Und wir anderen stimmen mit ein.

Wir haken uns untereinander ein und gehen zurück zum Schloss.

Shanti hat recht. Hier passieren wirklich immer aufregende Sachen. Aber das Allerschönste ist, dass ich so tolle Freundinnen gefunden habe.

»Ich hab euch voll lieb«, sage ich.

Mein Name ist Paulina, Paulina Pempelfurt.

Habe ich schon erwähnt, dass ich das glücklichste Mädchen der Welt bin?

Andrea Russo, geboren im November 1968, studierte Kunst und Germanistik. Sie lebt mit Mann und Labradorhündin in Oberhausen. Die Inspirationen für ihre Kinderbücher verdankt sie ihrer mittlerweile schon erwachsenen Tochter, die früher jede Menge Flausen im Kopf hatte – und natürlich ihren Schülerinnen und Schülern. Andrea Russo schreibt seit 2009 für verschiedene Verlage und gab im Sommer 2014 ihren Beruf als Lehrerin in einer Förderschule auf, um sich in Zukunft ganz auf das Schreiben konzentrieren zu können.

Elli Bruder wurde 1980 geboren und hat schon als kleines Mädchen sehr gerne Bildergeschichten gezeichnet. Seit dem Studium in Schottland und Freiburg arbeitet sie als Grafikerin und Illustratorin. Sie lebt mit ihrem Mann, ihren Pferden, Hunden und Katzen im Pfälzer Wald.

Andrea Russo
Gestrandet auf Internat Bernstein
Band 1. 240 Seiten. Gebunden
ISBN 978-3-649-61532-3
Auch als eBook erhältlich:
ISBN 978-3-649-62202-4

Alles war perfekt, ganz ehrlich! Kira, Luca, Noah und ich haben jeden Tag im Schwimmbad rumgehangen, es gab Pommes spezial für alle und höchstens mal etwas Ärger mit meiner Schwester Katta. Und dann kommt meine Mutter plötzlich mit diesem Brief um die Ecke: »Wir freuen uns, Ihnen mitteilen zu dürfen, dass Ihre Tochter Paulina ein Stipendium auf Internat Schloss Bernstein erhalten hat.«

Mein Leben ist vorbei – was soll ich bitte auf einem Internat? Und dann auch noch eins auf einer Flussinsel! Der reinste Streberknast!

Aber Kira und ich haben schon den ultimativen Fluchtplan. Nach drei Tagen bin ich wieder raus. Spätestens!

Andrea Russo
Das Rätsel von Internat Bernstein
Band 2. 240 Seiten. Gebunden
ISBN 978-3-649-61917-8
Auch als eBook erhältlich:
ISBN 978-3-649-66794-0

Das ist ja der Oberhammer: Unter unserem Schloss-Internat gibt es echte Geheimgänge! Ob die Schüler vom Festland wohl so auf unsere Insel gelangt sind? Wie hätten sie sonst Sir James, unseren Schul-Hahn, klauen können? Eins steht fest: Das zahlen wir diesen Typen vom Marie-Curie-Gymnasium heim.

Leider spinnt nebenbei auch noch unsere Oberzicke Fleur fiese Intrigen, unser Schul-Schönling weicht mir nicht von der Seite (grusel!) und ich weiß immer noch nicht, wie ich meiner besten Freundin Kira erklären soll, dass ich jetzt doch auf dem Internat bleiben will …

Habe ich schon erwähnt, dass mein Leben kompliziert ist?

Antje Szillat
Maja & Motte (Bd.1)
Ach, du dicker Hund!
192 Seiten. Gebunden
ISBN 978-3-649-60948-3

»Zwei für eine, eine für zwei«, das ist der heilige Schwur der Hufnagel-Zwillinge. Aber manchmal ist Maja einfach nur eine blöde Gorgonzolanudel (sagt Motte) und Motte eine schrecklich treulose Tomatenschwester (findet Maja) …

Oh, du Hölle! Maja fällt aus allen Wolken, als Motte vom Waveboardfahren einen Hund mit nach Hause bringt. Er sieht aus wie ein riesiges Kalb, das in Haarwuchsmittel gefallen ist, und ist wild wie ein Nest voller Hornissen. So sehr Motte sich einen eigenen Hund wünscht – Maja hat nun einmal panische Angst vor diesen vierbeinigen Schlabberschnauzen. Und außerdem hat sie im Augenblick ganz andere Sorgen: Wie soll sie beim Vorsingen für den Musicalworkshop einen Ton herausbringen, wo sie doch so schreckliches Lampenfieber hat?

Olivia Bennett
Allegra – Plötzlich Fashion Star
240 Seiten. Gebunden
ISBN 978-3-649-61699-3
Auch als eBook erhältlich:
ISBN 978-3-649-62023-5

Emma lebt für Mode und Fashion. Mit wenigen Strichen entwirft sie aus dem Stand atemberaubende Outfits. Doch bisher ahnt niemand etwas von Emmas großem Talent. Bis das Unglaubliche passiert: Eine berühmte Moderedakteurin entdeckt Emmas Entwürfe und will unbedingt einen Artikel über sie im Madison Magazine veröffentlichen. Emma gerät kurz in Panik und weiß sich nicht anders zu helfen, als eine falsche Identität anzunehmen.

Unter dem Künstlernamen Allegra Biscotti gibt sie von nun an Interviews per SMS und nimmt den Auftrag für eine komplett neue Kollektion an. Doch so ein Doppelleben ist gar nicht so einfach, wie Emma gedacht hat – vor allem, wenn auch noch Stress in der Schule, Ärger mit der besten Freundin Holly und ein supersüßer neuer Typ ins Spiel kommen!